密航者

登場人物

ワイアット・バトラー……………………連続小児殺人事件の被告
マリア・フォンタナ……………………コロンビア大学心理学科長
クリストファーとクロエ………………マリアの子ども、双子
スティーヴ・ブラナガン………………マリアの婚約者
リアンダー………………………………コロンビア大学学部長
アシュリン・ベリー……………………マリアの友人
ジェレミー・フィンチ…………………暴露本の作者
デフォレスト……………………………HMS アトランティア号の船長
パム・メイヤー
オーウェン・デイリー
コリン・P・フィッシャー…………乗船客
キャサリン・デイヴィス
トッド・ウルマン
ジェイク・リース………………………同船の警備責任者
トレイシー・ヘンドリックス…………同警備副主任
シア
トマス・セントクレア…………………同警備員
ドクタ・ザカリー・クレイマン………医療チームのリーダー

ハヤカワ文庫 NV
〈NV1522〉

密航者

ジェイムズ・S・マレイ&ダレン・ウェアマウス
北野寿美枝訳

早川書房
9042

THE STOWAWAY

by

James S. Murray and Darren Wearmouth

Translated by
Sumie Kitano
First published 2024 in Japan by
HAYAKAWA PUBLISHING, INC.
This book is published in Japan by
arrangement with
IMPRACTICAL PRODUCTIONS, LLC
c/o UNITED TALENT AGENCY, LLC
through THE ENGLISH AGENCY (JAPAN) LTD.

1

マスコミの大半がすでに判断を下していた。ワイアット・バトラーはこの数十年間でもっとも悪質な殺人者だ、と断罪していた。非道。極悪。罪のない子どもたちを計画的に狙った、常軌を逸した異常者。陪審評議の最終日にあたる今日、ニューヨーク郡裁判所前のフォーリー広場には、テレビ局の中継車や怒れる市民が押し寄せていた。群衆を押しとどめているのは警察のものものしい警戒線だ。

花崗岩造りのいかめしい裁判所の奥深くでは、小さなフォルダーを手にしたマリア・フォンタナが、評議室の片隅に用意された冴えない軽食コーナーへ向かっていた。そして、そこに淹れ置かれたコーヒーをカップに注いだ。どうにか動いているエアコンのハム音と掛け時計の立てる小さな音が室内を満たしている。ほかの十一人の陪審員たちは細長いテーブルを囲むように座り、無言のうちに、陰惨な証拠を見きわめようとしている。陪審員のだれもがずいぶん前から精神的にも肉体的にも疲労困憊していた。多くはテーブルに肘をつき、ぐったりと座り込んでいる。上着は脱ぎ、ネクタイははずし、シャツのいちばん上のボタンは開けて。最初の一週間の堅苦しい空気など、徐々に、だが着実に消え失せていた。三週間も缶詰になっているうえ、二回の無記名投票のあと評議は膠着状態に陥っている。堂々めぐりの議論。今日は、意見不一致による無評決審理を宣告する前に、全員一致の評決を出すべく努める最後の機会だと、裁判長から申し渡されていた。

自分の決断が残忍な人殺しを死ぬまで刑務所に放り込むことになるかもしれない、とマリアは承知していた。あるいは、状況証拠にのみ基づき、世論という法廷において有罪だと見なされた不運な無実の男を放免することになる、と。どちらになるかは、あと五分もしないうちに最終投票によって決まる。

そうしたら、こんなおそろしい事件のことなんか忘れて……

法廷で見聞きした証拠には胸が悪くなる。この不快な記憶はこの先何年も悪夢のように脳裏を去らないだろう。

マリアはコーヒーをひと口飲み、その苦さに顔をしかめた。こんなに時間のかかる陪審義務にはおいしいコーヒーが用意されるものだと思っていた。その考えはまちがっていた。

有罪か無罪か。マリアの場合、その判断を下す根拠にするのは基本的事実だ。

ワイアット・バトラー――アンティーク時計の修理屋――は、複数の州において計八人の子どもを惨殺した罪に問われている。たしかに、あの男はナルシストだ。心理学者という職業柄、それはわかる。見るからに身勝手で傲慢。この事件の被害者たちに一片の同情も持ち合わせていないのは明らかだ。検察側の主張をたびたびせせら笑っていたのは優越コンプレックスにほかならない。完璧に着こなした粋なスーツ、引き締まった体、きれいに剃った丸刈りの頭。しれっとした様子ですべての罪状を否認し、誤認逮捕で時間を無駄にしている警察をあからさまにあざ笑った彼の強いブルックリン訛りが法廷を満たしていた。

まぎれもないくず野郎だ。

だが、そういった点があの男を犯人だと断定する根拠になるわけではない。

椅子の脚が石タイル敷きの床を擦る音がした。

陪審員のひとり、アシュリン・ベリー――歌手のリアーナに似ているが、年は当人より二十ほど上だ――が席を立ち、部屋の奥へ向かった。彼女が軽食コーナーへ行くのを、ほかの陪審員はだれも気にかけない。

一カ月に及ぶ審理と評議のあいだ、外部からの影響を避けるために十二人の陪審員全員がひとつのホテルに滞在していた。だが、どのニュース・チャンネルでも二十四時間ずっとこの裁判の経過を報じているのだから、外部からの影響を避けるなど不可能だ。電話禁止。パソコン禁止。友人や家族との接触禁止。そのうえ、滞在先に選ばれたのが決して豪華とはいえないホテルとあっては、圧倒的な退屈をまぎらわせようがない。

それでも、長々しい一ヵ月のあいだにマリアはアシュリンと友情を結んでいた。事件の恐怖から解き放たれようと、みすぼらしいロビーでよくいっしょに夕食を取った。アシュリンは陪審員の責務に押しつぶされそうになっていた。そして、最終投票の刻限が近づいたいま、またしても彼女の顔には皺が刻まれ、不安の色が浮かんでいる。

「どっちに決まると思う?」彼女が声をひそめてたずねた。

「わからない」マリアは答えた。「ひとりひとり、自分が正しいと思う判断を下すしかないわ。DNA鑑定ができず、目撃証言に問題がある点は無視しがたいし」

「そうよね。だけど、あの男、有罪に見えない?」

マリアはうなずいて同意を示した。コーヒーのカップを置いてフォルダーを開く。ページを繰り、各地の警察が数人の目撃者の供述をもとに作成した似顔絵を見る。同一人物を描いたとは思えない――それ以上に重要なことに――どの似顔絵も、この犯罪で裁判にかけられている男と似ても似つかないのだ。

犯行手口はほぼ一致しているのに、目撃者の見た犯人の顔がそれぞれちがうなんてことがありえる？

どうも釈然としない。

とは言うものの、一連の犯行がワイアット・バトラーによるものだとするうえで、とくに説得力を持つ証拠がふたつある。ひとつは、事件のあった町のいずれにも彼が滞在していたこと。それも、事件発生当夜。同じチェーンのモーテルに。犯人が町から町へ移動して犯行を重ねているという大胆な仮説を立てたある刑事が、各地のモーテルの宿泊者名簿を確認し、この思いがけない事実に気づいた。バトラーはアンティーク時計を売るためにそれらの町を訪れたと主張し、購入者がその言い分を裏づけた。ただ、それが単なる偶然である確率は天文学的に低い。

もうひとつは、ベイ・リッジ地区にあるバトラーの自宅の屋根裏部屋から、まだ新しい血のついた、持ち主のわからない小児用ズボンが見つかったことだ。だが、バトラーに子はおらず、そのズボンの出所についてなんの説明もしなかった。付着していた血がどの被害者のものとも一致しなかったために、そのズボンを――大いにバトラーの有罪性を示すものでありながら――完璧な物証と断定できなかっただけだ。

マリアは、確実な証拠ではなく自身の見解に基づいて決断を下す。たしかに、この部屋にいる大半はすでにバトラーが有罪だとの判断を下している。にもかかわらず、受け入れがたい事実が残っている。バトラーには、もっともらしい反証がわずかばかりあるのだ。

「ただただ、こんないまわしいこと、終わりにしたいだけ」アシュリンがぼそりと言った。

「同感」

「こんな裁判の陪審員になんて選ばれなければよかったのに」

マリアは年上の女性を励ますように肩に手を置いた。「どっちに転んでも今日で終わりよ。みんな、夜には自宅に帰ってる。きっと普通の生活が戻ってくる」

アシュリンがかすかにうなずいた。「そう願いたいわ」

彼女はテーブルへ戻り、しょんぼりと腰を下ろした。この裁判は彼女の心に大きな打撃を与えていた。ここにいる全員の心にも。

マリアは深呼吸をひとつした。最後の決断についての思いが頭のなかを駆けめぐる。人でなしの殺人鬼を社会に放つと考えると胃がねじれるようだ。だが、犯人ではない男に有罪を宣告すれば、彼と同じぐらい頭のおかしい異常な真犯人が捕まることなく殺人を重ねることになる。どちらを選ぼうと、この選択は消えない傷をマリアの心に残すだろう。どっちの直感的判断が正しかったのかという疑問をずっと抱きつづけることになるのだから。

アシュリンにかけた言葉を思い返した。おそらく、少なくともマリアには、普通の生活がそんなにすぐに戻ってくることはない。目を閉じて、職場に戻ることを考えた。頭に浮かぶのは、この事件の凄惨な場面ばかりだ。

子どもの小さな体をわざわざ異様に配置し、吐き気を催させる絵画のように作り上げた〝作品〟。胴の横に切り落とした四肢。むき出しにして余分なものを取りのぞいた腱を奇妙な形に整えて、不気味な儀式のように演出している。そして、なにより奇怪な点。どの子の死体にも、その子のものではなく、サイズの合っていない衣類を着せている。幼い男児に黄色のサンドレス。四歳の少女に、もう少し年上の男児のための聖体拝領用スーツ。

これほど深い心理的ダメージを負いながら、コロンビア大学に戻って心理学を教えることなんてできるはずがない。無惨な場面がまだ頭のなかで渦を描いているのに、家に帰って子どもたちの目を見ることなんてできるはずがない。また子どもが――悪くすると、わが子が――あんな目に遭うかもしれないと怯えながら。

それでも、バトラーが犯人だと絶対的に確信できないかぎり、どちらに票を投じるべきかはわかっている。

陪審長――白髪交じりの髪を横分けにした恰幅のいい中年男――が立ち上がった。自分の腕時計で時刻を確認し、咳払いをしてから言った。「さあ、みんな、また投票の時刻だ。全員、自分のなすべきこと、それが持つ意味を承知しているだろう」彼はいらだたしげに息を吐き、テーブルに両の拳をついて体を支えた。「頼むよ。早く終わらせよう。みんな、家に帰りたいんだから」

陪審員たちは不安げな視線を交わしながら縦一列になって隣室へ入った。そこは天井が高く、威厳に満ちた空間で、壁には二十世紀初頭の立法者や判事の肖像画が並んでいる。彼らの目は部屋の中央を見下ろしているようだ。まるで監視するように。部屋の奥に、カーテンで仕切ったブースがひとつ設けられている。陪審員はひとりずつそこに入り、自分の下した判断を小さな用紙に書き込んだ。カーテンの奥から出てくるときは一様に険しい顔をしていた。

マリアは最後にそのブースに入った。

投票用紙の上でペンを構える。記入の際、指がかすかに震えた。自分の選択が正しいことを祈りながら無言でブースから出た。

すべてが終わってほっとしたような顔をしている者も何人かいた。一応は、これで終わりだ。

だが、この先にまだ長い道のりが待つ者もいるのではないかとマリアは考えていた。

2

マリアは、エルムハースト地区の暖かい聖ジェームズ監督教会から、この一週間ニューヨークに居座っている身を切るような寒さのなかへ出た。子どもたち――十一歳の双子クロエとクリストファー――は、すでに厚手のコートを着てマフラーを巻き、帽子をかぶっている。マリアが傘を手に取ると、ふたりはそれぞれ母親に身を寄せた。マリアが開いた傘に三人で入り、冷たい雨のなかへと歩きだした。

上空で雷が轟いた。

雨粒が傘を叩く。

三人は水たまりを踏んで跳ねを上げながら、ブロードウェイへ出る小道を進んだ。通りを走っている車は少ない。十月の日曜日の朝、しかも険悪な空模様で、午後にはまた気温が下がるとあっては、そう驚くことでもない。幸いマリアは、教会の横手、コロナ・アヴェニューにどうにかスペースを見つけて車を停めていた。教会の正面玄関から一分足らずの場所に。

身を切るような風が、霧状の冷たい雨をマリアのコートに吹きつける。子どもたちは風上に顔を向けて、氷のように冷たい雨粒を口で受けている。マリアは足を速めた。彼女に続いて教会から出てきた礼拝出席者たちが、この荒天に不平のうめき声をあげた。その場に残って噂話でもしようという者はひとりもいない。

マリアは身震いした。「ほら、急いで。帰ったらホットチョコレートを飲みましょうね」

「スティーヴが作ってくれるの？」クロエがたずねた。

「そうよ」

「このあいだ、ぼくのマグカップにマシュマロを三十個も入れてくれたよ」クリストファーが横から言った。

「そう。運が良ければ、今日は三十一個入れてくれるわ」マリアは口もとに笑みを浮かべた。

双子は彼女に合わせて足を速め、三人は歩道を進んだ。

マリアの新しい恋人スティーヴは、つきあいだした当初から子どもたちの扱いが上手だった。ファイナンシャル・アドバイザーで、ときどき地元の劇場に出演する役者の彼は、本当に童心を持っている。家庭的な男にはちがいないが、日曜礼拝に出席したがらないことをマリアは知っている。神とはとうの昔に縁を切ったらしい。

あの裁判が終わったあと、マリアにとっては、彼とのデートが人生における数少ない楽しみのひとつだった。彼が笑うとこっちまでつられて笑うし、彼は狙いすましたジョークを言うタイミングを絶対に逃さない。しかも、お馬鹿。すぐにふざけたがる。マリアが男性にこんな感情を抱くのは久しぶりだった。別れた夫を悪く言うわけではないが、彼がスティーヴのように笑わせてくれることは一度もなかった。

スティーヴはまさにわたしが必要としていた男性《ひと》。

交差点を渡りながら、マリアはコートのポケットに手を入れて車のキーを探した。目を上げると、三人の前方、コロナ・アヴェニューとブロードウェイの交わる角に女がひとり立っている。

身じろぎもしない。

どこか異様だ。

黒っぽいコートを着て、傘も差していない。もつれた髪が頭に張りつくほどびしょ濡れなのに、降りしきる雨など気にもしていない様子だ。近づいていくマリアと子どもたちをひたと見つめている。好奇心からではない。血走った目、なにかに憑かれたような顔。まるで、音もなく近づいてくるワニに気づいた鹿のようだ。

ニューヨークでもこのあたりでは、この手の人間に出くわすこともめずらしくない。たとえば、ドラッグでハイになった人。つきに見放された人。もの乞い。マリアは手持ちの小銭はすでに教会の献金皿に入れてきた。あげるお金がなくて残念だと思いつつ、女と視線が合うのを避けるべく目を伏せた。女から守るようにクロエとクリストファーを引き寄せて通りを渡った。

車という安全地帯まであともう少し。

でも、なにか引っかかる。

まず、女が身につけている高価そうなコートと靴。施したばかりの化粧が取れ、幾筋もの線となって頬を流れ落ちている。雨に濡れただけにしてはその線が濃すぎる。それに、あの目——体に突き刺さるほどの視線。

いちばん気になるのは、顔になんとなく見覚えがある点だ。

妙な視線はすべて自分に対する個人攻撃だと感じてしまうのは、あの裁判以来つきまとう妄想症状のせいかもしれない。でも、そうじゃないかもしれない。

不審な女は頭をめぐらせて、歩道を進むマリアと子どもたちを目で追ってくる。

マリアは急いでスマートキーのボタンを押し、SUV車のドアロックを解除した。四つの信号灯が光り、車がビープ音を出した。

「その子たちをかたときも手もとから放さないようにね」背後から女が低い声で言った。

マリアは足を止めてくるりと向き直り、子どもたちを自分のうしろへ押しやった。「なんですって？」マリアは聞き返した。

「わたしにも、あんたの息子さんと同じぐらいの年の息子がいたの」女が言った。「もういないけど。死んだから……」

女がうなだれたので、その顔を間近に見ることができない。

「それは……お気の毒に」とマリアは返した。

「〝お気の毒に〟……とはねえ」女が言い返した。「あんたが気の毒になんて思ってないことはわかってるのよ、ミズ・フォンタナ」

マリアは愕然として、この女は何者だろうかと懸命に考えた。「失礼ですけど、お会いしたことがありましたっけ？」

「いいえ。でも、わたしのことは当然知ってるはずよ」女は全身を震わせ、ゆっくりと頭を上げた。マスカラの交じった涙が雨粒と合流して頰を伝っている。「あんたの子どもたちにわたしの顔を覚えておいてほしいの。この心の痛みを知ってほしい……」

女が、腕を伸ばせば届くぐらいの距離まで近づいてきた。反射的にあとずさったマリアは、自分の体と冷たい車体のあいだで子どもたちをうっかり押しつぶすところだった。

「お母さん……」クリストファーが彼女の腕をつかんだ。

「大丈夫よ。ふたりとも、雨に濡れないように車に入りましょうね」マリアはおそるおそる車に向き直った。後部ドアを開けてやると子どもたちが飛び乗った。「なかにいなさい――シートベルトをしてね。お母さんもすぐに終わるから」

子どもたちが返事代わりにうなずいた。

マリアはドアを閉め、すぐにスマートキーで施錠した。クロエが窓ガラスに顔を押しつけてこっちを見ている。クリストファーもすぐにまねをした。

マリアはほんの一瞬、この女とどこで会ったのかを思い出そうとした。長年コロンビア大学で心理学者兼教授として勤務するあいだに、何千人とまではいかずとも何百人もの学生や相談者《クライエント》と会っている。だが、大学で会った人の顔を忘れたことはない。

そう、ちがう……

マリアは挑戦的な態度で女に向き直った。「あなたはだれで、わたしになんの用があるの？」

その質問を無視して女は話を続けた。「チャーリーは来月で八歳になる。なるはずだった。新しい釣竿を欲しがってた」

マリアはわけがわからないまま女をしかと見つめた。

「なんの用か知りたいのよね、ミズ・フォンタナ？」女が続けた。「わたしはあんただったのかどうかを知りたいの」

女の口調に含まれるとげとげしさが新たな語気を帯びた。鋭さが増している。なじるような調子だ。

「えっと……わたしだったのかどうかって？」

「あんたなの？　無罪に投票した陪審員。無評決審理になる原因を作って、わたしの息子をあんな目に遭わせた獣《けだもの》を自由の身にした陪審員。子どもたちにあんなまねをしたあの男を。わたしにはそれを知る権利がある」

そう聞かされてマリアの意識が遠のいた。女の言葉で、思い出したくもないあの裁判の記憶が一気によみがえった。被害者たちの陰惨な姿。勇気を持って法廷に姿を見せた遺族の悲嘆に暮れた顔。無評決審理を宣告した直後からのマスコミの過熱報道。

まさか、そんな。

マリアは女の顔に目を凝らした。ずぶ濡れの髪と険しい表情のせいで、だれなのかわからない。

「わ……わたしは……」いま起きていることに動転して言葉がつっかえる。

歩道で足を止めた礼拝出席者たちが、ふたりの女を取り囲む野次馬の群れになっていた。そのなかのひとり、ボブという名の老人――マリアは礼拝のときにしか言葉を交わしたことがない――が仲裁に入ろうとした。「なにも問題はありませんか、マリア？」

「ええ、はい。大丈夫です」マリアはいま以上に状況を悪化させたくなくて、そう答えた。記憶をたどり、チャーリーという名前の男児を思い出した。

チャーリー……バクストン。

犯人に両腕両脚を切断された、当時七歳の男の子。遺体には女児用のピンクの水着を着せられていた。むごたらしい犯罪現場写真……残虐行為……

女を見つめるうち、マリアの目に涙が込み上げた。「ミセス・バクストン、心からお悔やみ申し上げます。どうか信じてください」

ミセス・バクストンはさらに一歩近づき、マリアの胸に指を突きつけた。「教えて。無罪票を入れてワイアット・バトラーを釈放させたのはあんたなの？」

マリアは震える息を深く吸い込んだ。

礼拝出席者のひとりがこの場をとりなすべくミセス・バクストンに近づきかけたが、マリアは片手を伸ばしてその男を制した。

「も……申しわけないけど……」マリアは口ごもりつつ言った。「それには答えられないことをご存じでしょう、ミセス・バクストン。わたしたちは宣誓して――」

「ふざけないで！」女がどなった。初めて我を失ったようだ。「殺された息子の写真を毎日テレビで見せられるのがどんな気持ちか、あんたにわかる？　ワイアット・バトラーがあの子にしたことを、ありとあらゆる新聞の記事で読まされる気持ちが。あの獣がのうのうと、軽やかな足どりで裁判所から出てくる場面を見せつけられる気持ちが。どの陪審員があの男を釈放させたのか、わたしには知る権利がある」

マリアの全身に震えが走った。ずっとおそれていた最悪の事態が現実になった。あの裁判がつきまとってくる。こんなところまで。エルムハースト地区にある、なじみの教会にまで。子どものころからずっと通っている教会なのに。

礼拝出席者の何人かが小声で言葉を交わしている。マリアはあっという間に増えていく野次馬に目をやった。大半が、悪化する状況を無表情な顔で見守っている。彼らを責めることはできない。マリアは気を失いそうだった。

声を低めて言った。「あなたの心痛はとうてい想像もできない。ほんとうに。でも……ごめんなさい。わたしがどちらに投票したかは話すわけにいかない」

ふつふつと込み上げてきた怒りで、ミセス・バクストンの頬が紅潮した。ほんのいままで彼女を包んでいるように見えた悲しみが居場所を譲った。すぐさまそこに怒りが収まった。彼女はマリアの耳もとに身を寄せた。

「じゃあ、よく聞きなさい」小声で言い返した。「それをつきとめるまで、わたしは探るのをやめない。ほかの遺族もね。マスコミもよ。あの男がまただれかを殺したら、無罪に投票したのがあんただとつきとめたら、そのときはかならず……」

マリアは最後まで聞かなかった。不意に車に向き直り、ドアロックを解除して飛び乗った。叩きつけるようにドアロックをかけ、イグニッション・ボタンを押し、ギアをドライヴに入れると、震える手でステアリングを握った。アクセルを踏み込む。車の周囲にいた礼拝出席者たちが文字どおり飛びのいた。

SUV車はたちまち速度を上げて交差点を通過し、通りを駆けてその場から離れた。

だが、心の底ではマリアにもわかっていた。どんなに車を飛ばしても過去を振り切ることはできない、と。

3

マリアは、ともに陪審員を務めたのを機に友人になったアシュリン・ベリーとランチタイムに会うため、フルトン通りを足早に歩いていた。アシュリンとはずっと連絡を取り合っているのだが、先日の謎めいたメールから察するに、彼女は裁判のあとの葛藤に苦しんでいるらしい。

マリアもずっと苦しんでいた。教会の前でのチャーリー・バクストンの母親との悶着でマリア自身も子どもたちも動揺したし、その後は状況が悪化するだけだった。記者連中やドキュメンタリー映画制作者たちがひんぱんに連絡してくる。あの事件はいまでもほぼ毎日『ニューヨーク・ポスト』紙や『ニューヨーク・タイムズ』紙の第一面を飾っている。それに、インターネット上での中傷も耐えられないほどひどくなっていた。裁判所から出てくる十二人の陪審員をまんまと写真に撮ったどこかのくだらないパパラッチが、その写真をインターネット上にさらしたせいだ。マリアはその前にソーシャルメディアをオフにしていたが、だからといって状況が鎮静化するわけではなかった。ものの数時間のうちに、血眼《ちまなこ》になったウェブ探偵どもが陪審員の身元をつきとめることに成功。ツイッター上には、そのなかのだれが無罪票を投じたのかを執拗に知りたがる投稿があふれた。だれかが自白するまで、追及はやまないだろう。まるで、今度は陪審員が裁かれているようだ。

フルトン通りを渡って歩行者専用区域に入った。秋の日差しを受けてきらめくイースト・リバーが遠くに見える。左右には、この寒さをものともせず、厚手のコートを着たままレストランの外で座っている人たち。

ジャケットのポケットで携帯電話が振動した。マリアは携帯電話を取り出して画面を確認した。

アシュリンがまた、あとどれぐらいで着くかとメールを送ってきたのだ。待ち合わせの正午まで、まだ二十分もあるのに。

わたしと会いたくて焦っている人がいる……

〝あと数分〟と返信した。

マリアは小走りでサウス通りを横切り、フランクリン《F》・D《D》・ルーズベルト《R》ドライブという鋼鉄とコンクリートでできた堂々たる高速道路の下をイースト・リバー沿いに進んで、ダウンタウンでお気に入りのレストランのひとつ〈インダストリー・キッチン〉へ向かった。老いも若きも、地元民も観光客も、くつろいでいる。アシュリンには、比較的安全な場所よ、と安心させてあった。

港沿いにそぞろ歩く人たち。白い息を吐いてジョギングしている人たち。犬の散歩をしている人たち。そのだれひとり、マリアには目もくれない。願っていたとおりだ。匿名性を保てることで有名なロウワー・マンハッタンの街がマリアの期待に応えてくれた。

三十代のヒスパニック系の案内係の男が、近づくマリアにほほ笑みかけた。「いらっしゃいませ。ご予約いただいてますか？」

「ええ。マリア・フォンタナの名前で二名。連れは先に来てるみたい」

案内係が予約台帳を確認した。「かしこまりました。では、こちらへどうぞ」

ふたりはガラス張りの建物のなか、メインレストランに入った。コロンの香り、じゅうじゅうと焼けている料理のにおい、ナイフやフォークが皿の上で立てる音、おしゃべりの低い声。

案内係がテーブルのあいだを縫うようにして奥の隅の席へ進んだ。

アシュリンは壁を背にして座っていた。グレーのしゃれたパンツ・スーツ、きちんと編み込んだ髪。メニューに目を注いでいる。案内係とマリアの足音が聞こえると、はっと顔を上げた。

ほんの一瞬、アシュリンの目に怯えた色が浮かんだ。

「こんにちは」マリアは言った。「安心して、わたしよ」

アシュリンは安堵の息をついて立ち上がり、マリアを抱きしめた。「ごめんなさい。このところ神経過敏になってて」

「そうみたいね。元気？」マリアはたずね、席に着いた。

「最近はそうでもない。ううん、ちがう。ここ何カ月も、だわ」

ふたりは淡い笑みを交わした。ふたりともが席に着くと案内係が立ち去った。あの裁判以来、ふたりが面と向かって会うのは初めてだった。

アシュリンはアイスバケツからワインのボトルを取ってマリアのグラスの半分ぐらいまで注ぎ入れ、ボトルを振って最後の数滴まで注ぎきった。

マリアはレストランの壁を飾っているアールデコの掛け時計に目をやった。

午前十一時四十五分。

膨らむ懸念を顔に出さないようにしてアシュリンに目を戻した。「もうボトル一本近く飲んだの？」

「悪い？」

「心理学者という立場でなら、お酒を飲んでも問題は解決しない、と答える。でも、ここには友人として来てるから……」マリアはワインをぐいと飲み、にっと笑った。「で、話って――」

「ジムが襲われた」

マリアははっと息を呑んだ。

「えっ、そんな。だれが？」

「ほら、彼は夜勤でしょう？　十一時ごろコインランドリーから出ると、車のところで何人か待ちかまえてて、ワイアット・バトラー裁判でわたしがどっちに投票したか教えろと迫ったんだって。彼が返事を拒否すると、その連中は車の窓ガラスを割り、彼の頭をボトルで殴った。三十針以上も縫ったのよ。もっとひどいことになってたかもしれないけど、何人かが店から飛び出してきて助けてくれたって」

なんてこと。ついにそんなことまで。とうとうそんな事態が起きてしまった。

マリアの心が沈んだ。「ほんとうにお気の毒だったわね、アシュリン。ご主人は善良な人なのに。そんな目に遭ういわれもないのに」

「だれだって、そんないわれはないわ。家族まで狙われはじめてるの、マリア。友人たちも。あなたの子どもたちが狙われるのも時間の問題よ。あの裁判の陪審員のなかには、殺害の脅迫を受けた人までいるらしいし。この騒動は終わりそうにない」

アシュリンの口調は悲痛だが、目は澄んでいる。またワインをがぶりと飲み、両手に顔をうずめた。「こんなこと、終わってほしい。家族が苦しんでる。わたしもう耐えられない。どこを向いても、みんなが知ってるって気がする。裁かれているのはわたしなんだわ」

あの裁判のあと、陪審員全員が沈黙を貫いてきた。無評決審理という結果を連帯責任とすることで合意していたからだ。それは主として、ワイアット・バトラーに無罪票を投じた陪審員への個人攻撃を阻止するためだった。だが、どうやらそれが裏目に出たようだ。沈黙しているせいで市民の抗議に歯止めが効かなくなっている。

そのうちだれかが大怪我を負う……いえ、命を落とすことも……

「いつまで耐えられるかわからない」アシュリンは頬の涙をぬぐった。

マリアはうつむいて思案した。陪審員全員がまたしても地獄のような日々に耐えている。だれかひとりが口を割るまで、だれかひとりが責任を引き受けて自分たちの行為を認めるまで、この生き地獄は続くのだろう。

マリアは咳払いをした。アシュリンの両手をつかんだ。「ねえ、聞いて。あなたは友だちよ。ひとりぼっちじゃないとわかってほしい。いっしょに乗り越えましょう」

アシュリンがうなずいた。涙がとめどなく頬を流れている。

「もうひとつ、知っておいてほしい」マリアは覚悟を決めた口調で続けた。「明日のいまごろには、すべて終わるわ。約束する」

コロンビア大学カウィン・センターの講堂に報道陣が詰めかけていた。なかには、聴講席の背についている折りたたみテーブルを開き、会見が始まる前にパソコンやメモ類を準備しようとしている連中もいる。マリアは記者連中から見えない位置、演壇の左手のドア口に立っていた。あれから二十四時間も経たないうちに、大学の了解も得て、この記者会見を手配した。この会見の注目度はとんでもなく高かった。

緊張で胃がむかむかする。

決意を打ち明けたとき、恋人のスティーヴは難色を示したものの、ほぼ徹夜で慎重に話し合いをしたあと、しぶしぶ納得したのだった。いま彼はスーツ姿でそびえるように隣に立っている。片手を彼女の肩に置いて。ひげ面に、あきらめたような苦い笑みを浮かべて。この決断を彼が心底から受け入れたのかどうかはともかく、こうやって支えてくれるのはありがたい。

演壇の照明がついた。

講堂内が静まり返った。

何百人もの記者がメモ帳を手に座っている。ボイスレコーダーを掲げている。後方でテレビカメラの赤いランプが灯った。

マリアは腕時計で時刻を確認した。午前十一時ちょうど。アシュリンとの約束を守ることができた。

ベージュのペンシルスカートで手汗をぬぐうと、落ち着いて見えるように精いっぱい努めながら演壇の階段を上がった。これまでにも、何千回とまではいかずとも何百回かは、こういった講堂で上級講師としてスピーチをしたことがある。でも、そのどのときともちがう気持ち。今日とはちがって、いままではすべてを棒に振る危険に直面したことなど一度もなかった。

中央の演台へ、その正面に設《しつら》えられたマイクの束の前へと歩み寄った。箇条書きにしたメモを演台に置く。

照明が演壇に向いているので、聴講席は闇に包まれている。身じろぎもせずに座っている人影が情報を待っている。彼らにおいしいネタをくれてやる。

テレビ中継を観ている何百万もの視聴者にも。

当たって砕けろ。

マリアは深呼吸をひとつしてテレビカメラに顔を向けた。「おはようございます。まず、本日はお運びいただき、ありがとうございます。いまから短い声明を発表します。質問はいっさい受けつけません」

マリアはスティーヴをちらりと見やった。彼は励ますようにうなずいた。

マリアはからからの喉を潤そうと唾を飲み込んでから続けた。「わたしはマリア・フォンタナ。ここコロンビア大学の心理学科長をしています。そして、ワイアット・バトラー裁判では十二人の陪審員の一員でした」

記者連中が色めきたった。

「まずは、あのような凶悪な犯罪の犠牲になったおひとりおひとりと、そのご遺族・ご友人に心からお悔やみ申し上げたいと思います。この世のだれひとり、あのような目に遭ういわれはありませんし、ふたりの子を持つ母親として、みなさんの悲しみはとても想像が及ぶものではありません。深く心を痛めています。ほかの多くのかたがたとともに、ご冥福を心よりお祈り申し上げます」

長い間を取り、冒頭の挨拶の余韻を残した。

「次に、裁判が終わってからのこの数週間、わたしもほかの陪審員のかたがたも、マスコミや市民からひどく叩かれています。町なかや職場で絡まれたり、本人あるいは家族に対する殺害の脅迫を受けたりしているのです。これは見過ごすことのできない事態です」

講堂内は完全に静まり返っている。全員が彼女のひと言ひと言に耳を傾けている。

「みなさんがあの裁判の結果に賛成か否かはともかく、ほかの十一人の陪審員のかたがたは正しい判断を下したいという公正な心を持っておられたと、ここに断言できます。公明正大に提示された証拠をもとに、憲法上の権利に基づいてプライバシーと匿名性の守られた評議室で判断を下したのです。裁判が終われば普通の生活を取り戻すことができると、わたしたちは無邪気に信じていました。でも、それは不可能なのだとわかりました。わたしたちが沈黙しているかぎり、この状況は終わらない、ということが」

マリアは水の入ったグラスをつかみ、むさぼるようにふた口飲んだ。いざ口にする前に心の準備をした。

神よ……

これが正しい判断でありますように。

どうかお願い。

これが正しい行動なのよ。

マリアは両手で演台の左右の端をそれぞれつかんで先を続けた。「したがって、陪審員のみなさんとそのご家族の身の安全のために、わたしは今日ここで、あの裁判で無罪に票を投じたのはわたしだとはっきりと申し上げます」

聴衆の何人かがはっと息を呑んだ。講堂内の至るところで高性能カメラのフラッシュが光る。すさまじい速さでつづけざまにシャッターを切る音が響く。騒然となるなか、話を聞いてもらおうとマリアは声を張り上げた。

「ワイアット・バトラー裁判で無評決審理が宣告された全責任はわたしにあります。どんなに強い証拠でも、状況証拠だとしか思えないものにのみ基づいてひとりの人間を有罪に処することは、良心に照らしてできなかったのです。わずかにでも合理的疑いがあれば、そして現にそれがあったので、ワイアット・バトラーは無罪だと判断せざるをえませんでした」

非難の声と動揺が講堂内に広がるなか、記者連中は猛烈な勢いでメモを取っている。津波のようなうねりとなって浴びせられる声が音の壁となってマリアを襲う。どなり声での質問、卑猥な悪態。

同じ反応が国じゅうで起きているのだろう。

ひょっとすると世界じゅうで。

この先何日か、あるいは何週間、何カ月かは、マスコミや市民から軽蔑の的にされるだろう。でも、ほかの陪審員たちを守るためにはこうするしかなかった。

これが正しい行動……わたしにできる唯一のこと。

冷や汗が背中を伝う。

脚が震えているが、自信に満ちているふりを装って乗り切らなければならない。

演台の端をつかんでいる手に力を加えてマイクに身を寄せ、静まるようにと聴衆に合図した。「最後に、陪審員のプライバシーを尊重していただくようにみなさんにお願いします。彼らを攻撃するのはやめてください。人生でもっとも厳しい決断を下すことを余儀なくされ、その結果に日々向き合いながら生きていかなければならない人たちを支えてあげてください。以上です」

それだけ言うと、マリアは演台に背を向けて演壇の脇へと歩きだした。不安で全身が震えている。

また質問が降り注ぐ。

マリアはそれらを無視してまっすぐ前を見すえた。スティーヴがすぐに彼女を抱きしめられるように、律儀に両腕を広げていた。だがマリアは、トイレに駆け込んで吐きたい気分だった。

だから彼の手をつかみ、引きずるようにしてスタッフの横を通りすぎた。スタッフに礼を言い、足早に通路を進む。

 スティーヴが歩調を合わせた。「きみを誇りに思うよ」

マリアはなつかしい感覚に駆られていた。長らく忘れていた感覚だ。わっと泣きだしたい気持ち。でも、泣いてどうなる？　なにをしたところで、いまここで起きたことを取り消すことはできない。あの裁判の前の生活を取り戻すことはできない。

「これで終わりになるように願うだけよ」と返したものの、これで終わりになるとは自分でも信じていなかった。

4

八週間後……

午後九時、マリアはエルムハースト地区にある一九三〇年代様式の家の私道に車を停めた。秋学期の最終日の授業を終えたので、このあと数週間は家にこもっていられそうだ。つきまとう疑問から離れられる。絶えず向けられる視線からも。露骨なほのめかしを含む同僚との会話からも。

リビングルームのカーテンのすきまから明かりが漏れている。子どもたちはもう寝ているはずだけど、いつものようにスティーヴがワインを一本用意し、ネットフリックスで観る映画を選んで待っているのだろう。

マリアはただただくつろいで、最愛の男とのんびり過ごしたいだけだ。子どもたちやスティーヴと過ごす自宅が、マリアにとっては安全な聖域だった。八週間前に記者会見を開いて以来ずっと。

パソコンバッグを肩にかけ、ひんやりした夜気のなかを歩いて玄関へ向かった。キーをまわしてドアを開け、心地良い暖かさで迎えてくれるわが家に入った。

「スティーヴ、ただいま」と声をかけた。

「キッチンにいるよ」

廊下を進むマリアの靴の下で、この家が建てられた当初から張られたままの床板がきしんだ。スティーヴは農家風住宅のキッチンでテーブルの上座に着いていた。シェークスピア劇の舞台稽古《ドレスリハーサル》で着ていた衣裳――ウールのチュニックにタータンチェックのサッシュベルト――のままだ。しかも、ピノ・グリージョのボトルをすでに半分ほど空けている。

スティーヴが彼女を見上げた。真顔で。目はとろんとしている。「おかえり、美しいお嬢さん」

「ただいま、愛しい王子さま」マリアは応じ、彼に身を寄せてキスをした。「なにも問題ない？」

スティーヴは渋い顔で答えた。「また荷物が届いた」分厚い茶封筒を彼女のほうへ押してよこした。「ただ、これはちょっとちがう。自分の目で見たほうがいいと思う」

この数カ月、あの裁判絡みで次々と郵便物が届いている。大半はいやがらせの手紙か、あの裁判に取り憑かれてもっとくわしく知りたいという頭のおかしい連中からの手紙だ。だが、ときどき殺害の脅迫が届くこともあり、それはすぐに警察へ引き渡している。いつもスティーヴが郵便物に目を通して仕分け、すぐさまシュレッダーにかけるか、物騒な荷物は送り返してくれている。彼がなんの説明もせずに中身を見てくれと言うのはこれが初めてだ。

彼がワインの入ったグラスを押してよこした。「その前にこれを」

「ワインの力は必要ないでしょう」

マリアは手こずりながらもコートを脱ぎ、彼の隣に腰を下ろした。分厚い封筒を調べてみる。

「差出人の住所がないわね」

「運送伝票もない」

くそっ。

「つまり、だれかが直接うちの郵便受けに放り込んだってことね」マリアはため息を漏らした。「郵便物を送りつけてくるだけでも迷惑なのに。頭のおかしい連中がうちまで押しかけてくるなんて、度を越してるわ、スティーヴ」

そう考えるだけで、怒りに顔が歪む。

よくもこんなことを。

うちまで押しかけてくる権利があるだなんて、よくも思えたものね。

怒りが増幅していくのがわかる。スティーヴの言うとおりかもしれない。アルコールが必要なのかも。彼のグラスに手を伸ばしてワインをぐいと飲み、分厚い封筒を引き寄せて、中身を取り出すかどうか迷った。

「しかたない。その阿呆の要求を見てみようかな」

封筒のなかからハードカバーの新刊書を引っぱり出した。

『ワイアット・バトラー――究極の真実』ジェレミー・フィンチ著。

「嘘でしょ」マリアは独りごちた。

その名前にすぐさまぴんと来た。著者――ジェレミー・フィンチ――は、しつこく十回以上もインタビュー取材を申し込んできた男だ。毎回断わっていたのだが、そのたびにあの男は強引さを増し、評議室での私的な発言を暴露するとまで脅す始末だった。はったりだとばかり思っていた。一流出版社なら、素人探偵の唱える造説などくだらないと判断するものと思っていた。あの男のブログは、内容のほとんどない見当ちがいの憶測ばかりだ。

それなのに――あの男が暴露本と称する本がこうして完成している。

国内最大手の出版社のひとつのロゴが刻印されている。

マリアは表紙をめくった。

そでの部分に、得意然としたフィンチの面長な顔。丸眼鏡。完璧に整えたヤギひげ。屋内なのにマフラーをしている。丸めた片手に顎を乗せ、思索に耽っているふりをしている。自分のでたらめ話に乗って手っ取り早く金儲けをしたがる編集者を見つけたとは、いかにもこの男らしい。

「読んでみたほうがいいと思う」スティーヴが言った。

「どうして？　そんなことをしてなんになるの？」

「おれはネット掲示板やソーシャルメディアに上げられた投稿を山ほど見てきた。事実かどうかに関係なく、この男の書いたことを信じてる人がたくさんいる。だから、この本を読んだ人たちの言いそうなことを知る役に立つかもしれない。前へ進むために、きみが対処せざるをえないのがどういうものかを」

マリアは彼を睨みつけた。「あの裁判に関するネット掲示板なんかにかかわらないでって言ったわよね。ずっと参加してるの、スティーヴ」

「書き込みはせずに、きみのために読んでる。それだけだ」スティーヴはグラスを取り返してワインをぐいと飲んだ。「次のページを見てくれ」

マリアはページをめくり、この本のタイトルの下方に記された手書きの文字を見つめた。

全部で十一文字。〝おまえはまちがっていた〟

マリアの顔が怒りで赤くなった。「このくそ野郎。わたしを挑発しようとしてるのね」

「この本を置いていったのはフィンチだと思うか？」

「聞くまでもないでしょう」マリアはiPhoneのロックを解除し、この本のタイトルを検索した。「この本が店頭に並ぶのは明日だって。だから、これは見本。まちがいなくフィンチのしわざよ」

いかに不正確でばかばかしいことが書いてあるか知るために、流し読みをしたい気持ちは大きい。あの裁判について書かれた本が初めて市場に出るのだから、きっとミリオンセラーになる。そもそも出版契約を取り交わすことができたのも、きっとそれが理由だったのだろう。

マリアはページをめくり、目次に目を通した。すぐさま、ある一行に目が留まる。

〝第十六章　マリア・フォンタナ〟

マリアは歯嚙みした。

あのくそ野郎。

「わたしのことなんてなにも知らないくせに、どうしてわたしの章が書けるのよ」と叫んでいた。

怒りに駆られていた。ワイングラスを引き寄せ、またがぶりと飲んでからページを繰り、自分について書かれた章を開いた。

純然たる名誉毀損だ。ひと言ひと言が。基本的には、完全な憶測に基づいてでっち上げた作り話。マリアのことを、家庭生活に失敗し、のし上がろうとあがいている学者で、結婚が破綻したことに対するうしろめたさのせいでワイアット・バトラーを無罪だと判断してしまったなどとめちゃくちゃなことを言う女に仕立てている。

「まったくのでたらめよ！」マリアはわめいた。「フィンチがでっちあげようとしてる〝関連〟とやらは、ばかばかしいにもほどがある。侮辱だわ！　少しでも頭のある人間なら一目瞭然でしょう」

誹謗中傷が続いた。どのページも雑言ばかり。

マリアのかつての教え子たちから聞いたとされるエピソードは、結婚が破綻したあと彼女が精神的にぼろぼろだったというものだ。別の情報源から聞いた話として、陪審評議室での彼女は理性的に考えようとせず、事実に目を向けることなく最初から無罪票を投じるつもりだった、という。

当然ながら、情報源とやらはすべて匿名だ。

マリアが自分の名前を売るために意図的にバトラーを釈放させたという憶測まで書いて

ある。その憶測は、そうやって有名人になったのを利用してテレビタレントに転身し、テレビ出演している心理学者として史上最悪の連続殺人鬼の心理分析を行なうトークショーを開く魂胆だ、と続く。

まったくばかばかしい。

その章の最後のページに達した。

スティーヴが手を伸ばして彼女の空いているほうの手をつかみ、気持ちを落ち着かせるようにぎゅっと握った。

フィンチは、圧倒的な証拠を前にしたマリアのふるまいは臆病者のようだった、と書いている。そんな彼女が良心に恥じないように生きることができるのかと疑問を呈している。フィンチは状況証拠を巧みに利用して、ワイアット・バトラー裁判があのジョン・ウェイン・ゲイシー裁判以来もっとも明白な訴訟案件であるかのように見せている。マリアが愚かな嘘つきに見えるように。

マリアは本を閉じ、怒りに任せてスティーヴのほうへ押しやった。「あの嘘つき野郎」

「わかってる」スティーヴが彼女の手を強く握った。

「こんなくだらない本を売りたいがためにわたしの人生を台なしにして、さぞご満悦なんでしょうよ」

「だったら反撃しよう。劇場仲間のひとりがすごく腕の立つ弁護士なんだ。彼に電話をかけて――」

「もっといい考えがある」マリアが彼の言葉を遮り、iPhoneの画面を見た。「フィンチは明日、ユニオンスクエアの〈バーンズ・アンド・ノーブル〉書店でこの本のサイン会を開くんだって。この阿呆に直接会いに行きましょう」

スティーヴは椅子に沈み込み、首を振った。「そう言うだろうと思ってたんだ」

5

〈バーンズ・アンド・ノーブル〉書店のショーウインドーに吊るされた、《著者に会おう》なるイベントに出席することを宣伝するフィンチの写真を、マリアは睨みつけた。ここまで大きく引き伸ばされた顔を見ていると、この男がますます大馬鹿者だと思えてくる。実物以上に負け犬に見える。じかに会い、あの男が聴衆にぶちまけるにちがいない嘘を聞かされるのは気が進まない。

それ以上に、必死に忘れようとしている事件の身の毛もよだつ詳細を聞かされるのではないかとおそれている。あの男はまるで、マリアが気持ちを切り替えて前へ進むことを許さないかのようだ。人びとの心にあの裁判の記憶を新たに刻みつけようとしているのはまちがいない。

マリアとスティーヴは暖かい書店に入った。スティーヴは無意識に帽子を脱ぎマフラーをはずしたが、マリアはどちらも取らなかった。何者か気づかれる危険を冒したくないからだ。面と向かってフィンチに文句を言ってやるまでは。

客たちが書棚の前に立って本の背を眺めたり、カバーの推薦文を読んだりしている。足早にエスカレーターへと向かうスティーヴとマリアには、だれひとり目もくれない。

エスカレーターで特設会場まで上がるあいだ、マリアは不安を覚えて彼の手を握った。最上階に着くと、並べられた椅子にかなりの数の聴衆が座っていた。数百人はいるだろうか。空席は数えるほどだ。

若々しく見える書店側担当者が演壇に立って紹介を行なっているところだった。

マリアとスティーヴは後方に空席をふたつ見つけて静かに腰を下ろした。

「――ブログで根強い人気を得て、ワイアット・バトラー裁判の語られざる真実に踏み込んだ今回の著書はすぐにもベストセラーとなるでしょう。それではお迎えしましょう。ジェレミー・フィンチです」

聴衆が熱烈な拍手で迎えた。

マリアは胃が締めつけられるような気がした。

大きな書棚の裏から出てきたフィンチは、肘当てのついたツイードのジャケットにたっぷりとタックの入ったズボン、トレードマークのアスコットタイといういでたちだ。

マリアの目には阿呆に見える。

本人を目の当たりにすると吐き気がした。マリアが歪んだ想像で勝手に創り上げていた姿よりも背が低い。

「作家に見られようとして必死だな」スティーヴが耳打ちした。

「本当ね」

「まるで五十年も前の作家だけどな」スティーヴが続けるので、マリアは笑いを噛み殺した。彼の腕をつねった。

フィンチは満面にきざな笑みを浮かべて演壇へと進んだ。聴衆に向かって何度か「ありがとう」と唇を動かした。演壇の階段を軽やかに駆け上がった。マイクに近づきすぎた。

「みなさん、こんにちは。私は――」

甲高いハウリング音がスピーカーから響き、書店側担当者がマイクから少し離れるようにと身振りでフィンチに合図を送った。

本当に阿呆ね。

マリアは喉の奥まで込み上げた笑いを抑えた。マイクまでがあの男の話を聞きたくないみたい。

「悪い……えー……失礼しました」フィンチは汗を浮かべている。「私はジェレミー・フィンチと申します。私が書いた……えー、私が『ワイアット・バトラー――究極の真実』

の作者です。それで……この作品はこの五十年でもっとも凶悪な連続殺人鬼の語られざる詳細に踏み込んだものです。念入りな調査と過去に例のない手段で手に入れた詳細に」

スティーヴがマリアの手をぎゅっと握った。マリアは精いっぱい冷静を保とうと努めているが、その本のなかで偏った不誠実な人間として描かれていることに対する怒りが湧き上がってくるのを感じていた。

フィンチは、依然ハイスクールの弁論の授業で最終試験を受けているような話しかたで先を続けた。

「――刑事や目撃証人、被害者遺族たちと会って話を聞いた時間は、延べにして何百時間にもなります。みなさんはこの本の最後でワイアット・バトラー裁判の真相を知って驚愕し、問題を抱えたひとりの陪審員のせいで彼が無罪となり、釈放されて自由の身となったことに、これまで以上の憤りを覚えることでしょう。ですから、お子さんたちから目を離さないであげてください。なにしろ――」

マリアが怒りに任せて席を立ったので、周囲の聴衆とスティーヴが驚いた。「この嘘つき野郎！」マリアは叫んでいた。

だれが騒いでいるのかと、さっと頭をめぐらせた聴衆の目がマリアに集中した。あわてて立ち上がったスティーヴが彼女を落ち着かせようとしたが無駄だった。まさかマリアがこんな形でいやがらせ野郎と対決するとは予想してなかったらしい。

「よくもそんなでたらめを並べたものね！」マリアは声を張り上げた。「あの場にいなかったあんたは、わたしやあの裁判のほかの陪審員についてなにも知らないくせに。わたしたちは自分の責務を果たし、道理と証拠に基づいて票を投じたのよ」

彼女が何者か気づいて聴衆がざわついた。何人かは急いで携帯電話を取り出し、目の前で繰り広げられている緊迫の場面を録画しはじめた。店長が無線で、最上階へ来てくれと警備員に連絡した。

マリアは持参した本を持ち上げて続けた。「こんなくだらない本は紙の無駄遣いよ」

フィンチの表情が驚きから喜びに変わった。「ああ、こんにちは、ミズ・フォンタナ。みなさん、あちらがこの本の第十六章で取り上げたマリア・フォンタナです。無謀にもあの殺人鬼を釈放させた張本人です」

「地獄に堕ちろ！」マリアは叫び返した。「今度うちへ来たり、わたしのことでこんなでたらめを書いたりしたら、警察に届け出るから」

それだけ言うと、マリアは、持っていた本を演壇の床をめがけて投げつけた。床に落ちた本は、フィンチのほうを向いて扉のページが開いた。すぐそこのエスカレーターで上がってきた警備員がふたり、足早に近づいてきた。

ステ ィーヴがマリアの腕をつついて、もう行こうと促した。マリアが素直に従い、ふた
りは警備員たちに力ずくで排除される前に自分たちの意思で出口へ向かった。

演壇では、フィンチがかがんで床の本を拾い、そこに書かれた文字を読んでいた。

「〝おまえはまちがっていた〟」フィンチはマイクに向かって言い、下りのエスカレーター
に乗ろうとしているマリアに呼びかけた。「ミズ・フォンタナ、お怒りはごもっともです
が、残念ながらこれを書いたのは私ではないし、お宅を訪ねたことは一度もありません。

あなたにはきっと隠れファンがいるのでしょう」

マリアはジェレミー・フィンチに向けて中指を突き立て、その場を去った。

自分がどう見えたかはわかっている。あんな風に感情を爆発させたりして、まんまとフィンチの思うつぼにはまったようなものだ。まさに、あの男が書いた人物像のとおり。

でも、マリアは気にしていなかった。

あそこに座って黙って我慢する気はなかった。名誉が危機に瀕していた。自分で守らなければ、ほかにだれが守ってくれる？

八週間前の記者会見以来、必死でこらえていた涙――あの裁判以来、実質的に抑えていた涙――が滝のように流れ、激しい嗚咽が漏れた。

エスカレーターで下るあいだもマリアはまだ怒りに燃えていた。スティーヴが彼女に向

き直って小声で言った。「ひとつ約束する。二度とあの男にきみのこともおれたち家族のことも傷つけさせたりしない」

6

マリアは、デスクを挟んで、コロンビア大学の学部長のひとりリアンダー教授の向かい側の椅子に座っていた。教授の背後の窓にかけられたブラインドのすきまから差す陽光が、広い学部長室を漂う埃を照らし出している。

何枚もの賞状が壁を飾っており、なかには経年変化で黄ばんでいるものもある。

だが、リアンダーは自分の業績をほれぼれと眺めているわけではない。白いものの交じった顎ひげをなでながら、沈痛な面持ちでパソコンのデスクトップモニタを見つめている。

マリアはスピーカーから聞こえる自分の声に顔を歪めた。

ジェレミー・フィンチに向けて中指を突き立てて書店から出ていく場面を切り取ったYouTube動画を見たリアンダーがはっと息を呑むと、マリアはばつの悪さを覚えてまた顔を歪めた。

リアンダーはマウスパッドの上でマウスを動かしてクリックし、その動画をもう一度見た。ゆっくりと首を振り、深いため息を吐いた。わが子のひどい成績表を目にした親のようだ。

マリアが最後に確認したとき、このジェレミー・フィンチとのいざこざの場面の視聴者数は三百万を超えていた。〝口コミ〟の一位を獲得するのに充分な数にちがいない。

動画は、書店員のひとりが「まいったな」とつぶやいた直後に終わる。

リアンダーが座ったまま体の向きを変え、彼女を正面から見た。「マリア、私がきみの味方だということはわかってもらいたい。この数カ月きみがどんな思いをし、それがきみの人生にどんな影響を及ぼしたのかは想像もつかない。だが、これは……」

この話の結論がマリアにはわかっていた。

リアンダーが続けた。「きみが言われなき批判を受けたのであれば擁護できる。不当な攻撃を受けたのであれば擁護できる。だが、コロンビア大学心理学科長が書店に出向いてどこぞの物書きといざこざを起こし、事態を悪化させたとあっては、かばいようがない。きみの行動が、このジェレミー・フィンチとやらを一夜にして『ニューヨーク・タイムズ』紙のベストセラー作家に押し上げたんだぞ」

「はい、それは承知しています。瞬間的に感情に流されてしまったことは後悔しています」

「当然だ。だが、大学としての見解はわかるだろう」

「わかります。教授のご指示に従うつもりです」

リアンダーが淡い笑みを向けた。「では、段取りはこうだ。きみには強制休暇を取ってもらう。表向きは研究休暇《サバティカル》とする。いずれにせよ、きみには研究休暇を取る資格があるからな。その一年間、研究課題に取り組むとか、家族ともっといっしょに過ごすとか、旅行に出るとか。まあ――三つともやればいい。好きに過ごしなさい」

マリアは座ったまま身をのりだした。「丸一年ですか？」

「ほとぼりが冷めるまでの期間だ。その間、公の場に顔を出さないと約束してもらいたい」

「要するに〝危険な存在ではなくなるまで姿を消していろ、さもないと馘だ〟ということですね」

リアンダーの表情がゆるんだ。「コロンビアはきみのホームグラウンドだ、マリア。心理学科に戻ってきてもらいたい。きみはもっとも優秀な部下のひとりだ。しばらく休んで、本来の居場所へ戻ってきなさい」

一年間の研究休暇……

その一年が一生のように感じられることだろう。

だが、そうしなければならない理由は理解している。

「わかりました。そうします」

リアンダーはにこやかな笑みを浮かべた。マリアの決断に、目に見えて安堵している。

「よろしい。承知してくれてほっとした。きみが不在のあいだ、心理学科長としての権限をジャロフ教授に代任させることとする」

マリアは耳を疑った。

ジャロフに？

主要な心理学雑誌のどれにもろくに取り上げられたことのない、レベルの低い非常勤教授に？

リアンダーが苦笑いを浮かべた。

「冗談だ。席は空けたまま、きみの復帰を待っている」

たちまちマリアは声をあげて笑っていた。ちょっとした軽口がありがたかった。リアンダーがにっと笑ってマリアを安心させた。

「いいか、必要があればいつでも電話をかけてきなさい」

「そちらこそ。またご連絡します」

「そうしてくれ。子どもたちによろしくな」

ふたりはほろ苦い笑みを交わした。リアンダーが立ち上がって大きな手を差し出した。

マリアは握手を受けた。「ありがとうございます、学部長。これで失礼しますが、どうぞそのままで」

マリアは教授に背を向けて学部長室を出ると、明るく照らされた通路を出口へと向かった。頭上の陥没天井を見上げ、一歩ごとに頭に刻みつけながら、第二の故郷となった神聖な学び舎《や》から出た。シェマーホーン・ホールに居座る黴くさい古書のにおいを吸い込んだ――着任後、最初の数年は不快でしかなかったにおい。だが、その後、愛着を覚えるようになったにおいだ。

予想以上に長く仕事から離れることになりそうだが、前向きに受け止めるのがいちばんいい。

子どもたちやスティーヴと充実した時間を過ごそう。これきり、ワイアット・バトラー絡みの新たな騒動から離れよう。

世間の目にさらされつづけたらいつまでもつきまとうにちがいない負の力から逃れるのだ。

案外、こうして休暇を取るのはいいことかもしれない。

7

八カ月後……

英国船籍HMSアトランティア号は、総トン数二十万の巨大船だ。まばゆいほど白い鋼鉄の船体が昼前の陽光を受けて輝き、ハドソン川の水面に映っている。川面でゆらめく光が照り返して乗降タラップに差している。世界で二隻だけ、大西洋を横断してニューヨークと英国サウサンプトンを結ぶ長距離航海を定期的に行なっている豪華客船のうちの一隻なので、スティーヴがこうしてチケットを入手できたのはひじょうに運が良かった、とマリアは思った。二カ月後には彼と結婚することになっており、この船旅はいわば婚前旅行だ。

初めてづくしの一年だった。スティーヴの初めての大昇進。クロエの初めての恋。クリストファーの初めてのサッカーの試合。家族の〝初めて〟に立ち会い、わくわくを共有することができた。その点はありがたかった。だが一方で、課題の採点やらカリキュラムの準備がなくなったために暇な時間が山ほどあった。持て余すほどに。リアンダー学部長がマリアの相談者のほとんどを同じ心理学科の同僚にまわさせたせいもある。

この数カ月、母の口癖が頭のなかで繰り返し聞こえていた。

〝なまけ心は悪魔の所業〟

だから、あれやこれやと新しい趣味に飛びついた。家でひとりきりで過ごす日々にいらいらしていたからだ。でも、家でできる趣味なんてガーデニング、カリグラフィー、アクセサリー作りぐらいしかなく、あまりの退屈さにすぐにまたいらいらしはじめた。

この船旅はこれ以上なくいいタイミングだった。

クロエとクリストファーにとっては初めての海外旅行だ。マリアは、英国は夏がいちばんだと思っている。治安がいい。天候もいい。平穏無事。インターネットで航空券を買おうとしていたときに、スティーヴがこの豪華客船での旅というもっといいアイデアを出してきたのだ。

マリアたちがニューヨーク港に着いたとき、乗客の大半がすでに乗船手続きを終えていた。その結果、ターミナルでの乗船手続きはスムーズに済んだ。作ったばかりの子どもたちのパスポートも審査をパスし、荷物は検査のあとカートに積まれ、四人は乗降タラップをのんびりと進んで今日から十二日間の住まいとなる船に乗り込んだ。

遅く来て正解だった。

マリアは旅行にわくわくする一方で、船という閉鎖空間に身を置くことに不安も覚えていた。だれかひとりに気づかれたら一巻の終わり。だれかひとりが騒ぎ立てれば、航海のあいだじゅう、ほかの乗客から仲間はずれにされる。英国のニュースサイクルがアメリカより少しばかり寛容でありますようにと祈った。

子どもたちはポーターのカートのうしろでけんけん遊びをしている。積み上げたスーツケースが乗降タラップを進むたびに、踏み板が重々しい音を立てた。

遊歩甲板《プロムナードデッキ》に足を踏み入れた瞬間、子どもたちが走りだした。

「ちょっと、戻りなさい！」マリアがふたりを呼んだ。

「いいじゃないか。探検させてやろうよ」スティーヴがとりなした。「どうせ、行くところはかぎられてるんだ」

子どもたちと同じ方向へとプロムナードデッキを歩くうち、やがてシャフルボードのコートのあたりで追いついた。

マリアは乗降タラップのほうをちらりと振り向いた。可動橋のガラス窓の奥をのぞく。人影はない。自分たちのあとから乗船してくる客もいない。

うわー。本当に、わたしたちが最後の乗船客なのかもしれない。

船内放送で穏やかなベルチャイムが三度、響いた。それよりさらに穏やかな女性の声が、なぜかやたら大きく聞こえた。

「ようこそ、乗客のみなさん。ここニューヨーク港は快晴です。いまからオリエンテーションおよび航行中の安全対策について説明を行ないますので、十三階デッキのプール・エリアへお集まりください。HMSアトランティア号にご乗船いただき、ありがとうございます」

マリアとスティーヴはエレベーター乗り場の近くに貼ってある船内配置図で位置を確認し、走りまわっている双子をつかまえてプール・エリアへ向かった。

プール・エリアがあるデッキは壮観だった。ふたつもある大きなタヒチアンプールの澄みとおった水が、晴れ渡った日差しの下できらめいている。デッキの両端にホットタブが並んでいる。その横にはコーヒーショップ、バーが四つ、子ども用の小さめのプール。

乗客はふたつのタヒチアンプールのまわりにひしめいていた。何百人。汗ばんだ肘が触れ合うぐらいぎゅう詰めだ。早くも強い体臭が空中に漂っている。だがマリアは気にしなかった。彼女に気づいたり声をかけてきたりしない人たちのなかにまぎれていることにほっとしている、と言ってもよかった。

ここならわたしも群衆のなかのひとりにすぎない。

オリエンテーションは短いながらも役立つ情報がたっぷりだった。マリアはしっかり耳を傾け、乗客サービスの責任者が救命ボートの使いかたや安全確認項目、緊急時の対応手順について簡単に説明すると、スケジュール手帳にメモを取った。オリエンテーションのあいだじゅう、クロエとクリストファーはうんざりした顔をしていた。

プレゼンテーションは大きな拍手のうちに終了した。解散した乗客は大きな集団となって移動しはじめ、それぞれ荷ほどきだったり、この船がそなえている各種施設の探索だったりへと向かった。楽しそうな顔で、ネックストラップで吊るしたクルーズカードを揺らしながら。大多数が食べ放題のカフェへ一直線に向かっていた。

マリアは子どもたちを左右の腕でそれぞれ抱き寄せた。「さあ、部屋へ行ってゆっくりしましょう」興奮している双子をエレベーターのほうへ促した。

「ちょっと待った」スティーヴが三人の前に立ちはだかった。「そうあわてることもないだろう。こんな日差しを無視して部屋に戻りたいのか？　冗談じゃない」

「でも荷ほどきしないと――」

「ああ、心配いらない。荷物なら大丈夫。ポーターがもう部屋に運び入れてくれてる。荷ほどきなんて退屈な作業はあとでやればいい」

彼はデッキの奥、バーのほうをちらりと見た。「ここにいてくれ。飲みものを取ってくる」

「えっ？　こんな時間に？」マリアは笑みを向けた。「お酒を飲むには少し早いんじゃない？」

　スティーヴは照れくさそうな笑みを返した。「こんなこと言わせないでくれ。英国はもう午後五時だ、ベイビー。だから英国時間で行動するのさ」

　マリアは頭をのけぞらせて笑った。スティーヴがかがみ込むようにして、マリアの額の生えぎわにすばやくキスをした。

「すぐに戻る。ここで日光浴でもしてろ」スティーヴがその場を離れ、すぐに肩越しに振り返った。「戻ったときにおれより日焼けしてたら承知しないぞ」

「とっくにぼくらのほうが日焼けしてるよ！」クリストファーがからかった。

　スティーヴはうしろ向きになって歩きながら、日焼け用の反射板を持ち上げるふりをした。

　マリアは娘をいたずらっぽく肘でつついた。「何日か日焼けして、ロブスターみたいに真っ赤になったスティーヴを見るのが楽しみだわ」ブラナガンという北欧っぽい姓のスティーヴがマリアよりも日焼けすることなど絶対にありえない。

マリアは親指でぼんやりと薬指に触れて、新しく加わったばかりのアクセサリー——プラチナの婚約指輪——の存在を感じた。ひと粒ダイヤが陽光を受けてプリズムのように光っている。スティーヴがいずれプロポーズするつもりでいるのは察していたが、まさかこんなにすぐにだとは思ってもみなかった。だが数週間前、家でのんびりと夕食を取っているときにプロポーズされると、妙にしっくりと感じたのだ。そして、すぐにイエスと返事をした自分にも驚いたのだった。

「ねえ、ウォータースライドを見に行ってもいい？」クリストファーが訊いた。

「ウォータースライド？　まだ使えないんじゃないかな」

「ちょっと見たいだけ。なにもしないって約束する」

マリアはプールデッキを見まわした。あっという間に乗客たちがいなくなっている。残っているのは数家族だけだ。螺旋を描いてプールに注ぐ黄色のウォータースライドで遊んでいる者はひとりもいない。双子が仔犬のような目で母親を見ている。あの裁判のあと、マリアはふたりの行動を厳しく制限していた。いいかげん、少し手綱をゆるめてやってもいいかもしれない。

楽しませてあげよう。

「お願い、お母さん」クロエがせがんだ。

「わかった。でも、お母さんから見えるところにいるのよ。それから、ふたりいっしょにいること」

子どもたちの顔に大きな笑みが広がった。

「ありがとう！」クリストファーが答えた。「すぐに戻るよ」

マリアはスキップしながら離れていくふたりを見送った。マリアが見守るなか、ウォータースライドのところに着いたふたりは、バナナ色のポリ塩化ビニル製のウォータースライドを手で軽く叩いた。次の瞬間、ふたりとも靴を脱ぎ捨てて階段をのぼりはじめた。双子のテレパシーってやつね。うかつにも忘れていた。

クリストファーが先に滑り下りてプールに飛び込んだ。

マリアは頬がゆるむのを感じた。最高だわ。乗船初日に服をびしょ濡れにしちゃって。見ていると、クロエが兄に続いて滑り下りた。わずか二分ちがいの兄だけど。

マリアはゆっくりと息を吐き、空を見上げた。澄んだ青空から太陽が照りつけている。これなら、緊張を解いてリラックスできる。

細く白いものが視界の隅をかすめた。東からの風に乗ってのんびりと飛んでいるカモメだ。見ていると、カモメはこの船へと降下してくる。おそらく、フライドポテトの残りかパンくずでも見つけて、ついばもうとしているのだろう。上甲板《アッパーデッキ》の手すりに止まって、先端の黒い翼を広げた。

マリアの心臓がどきりとした。

カモメが止まった位置から一メートルと離れていないところで、男が手すりに寄りかかって立っている。

ひとりきりで。

プール・エリアを見下ろしている。

だれかを探しているようだが、あわてた様子はない。

分厚いニットのセーターと厚手のカーゴパンツというでたちに、マリアは眉をひそめた。あんな暖かそうな服装はニューヨークの夏の暑さには不向きだ。男の目は、使い古した帽子のかげになって見えない。

だが、気になるのは服装だけではない。

あの男はどこか……妙な感じがする。

場ちがいなのだ。

男がゆっくりと頭をめぐらせてマリアのほうを向いた。もの憂げな目が、自分に注がれているマリアの視線をまっすぐにとらえた。

ほんの一瞬、ふたりの視線が絡み合った。

マリアの背筋に震えが走った。

「ほら、マルガリータだ」スティーヴがいきなり現われた。マリアに差し出したグラスの縁から中身が少しこぼれた。「きみの好みに合わせて、縁に塩じゃなく砂糖をつけてもらえないかって頼んだら、バーテンダーに笑い飛ばされたよ」

マリアは手すりに視線を戻した。

だが、男の姿はなかった。

「大丈夫か？　どうかしたのか？」スティーヴがたずねた。

マリアは手すりの周辺を見まわした。通路を。周囲のプール家具を。男の姿はどこにもない。

「おい、どうした？　なにか見たのか？」

「なんでもない。なにも見てない」マリアの心臓は激しく打っていた。ウォータースライドに視線を戻した。

クロエとクリストファーはまだそこにいて、プールの水を盛大にかけ合っている。

よかった。

「本当に大丈夫なのか？」スティーヴがまたたずねた。

マリアは彼の手からグラスをつかみ取った。「大丈夫」

「じゃあ、この船旅のいいスタートを切ろうよ」スティーヴが自分の飲みものを高く上げた。「夢のような休暇旅行に乾杯！」

マリアは彼のグラスに自分のグラスを合わせてからマルガリータをひと口飲んだ。縁についている塩がぴりっと舌を刺した。酒を飲み込みながら、視線はアッパーデッキに、男の姿のない空間へと戻っていた。

「ええ、乾杯……」

8

長く低く轟く汽笛が、大西洋横断の旅の始まりを告げた。マリアは船室のバルコニーへと続くガラスドアの錠を開け、スライド式のドアを開けた。暑く湿った空気が室内に流れ込んだ。クロエとクリストファーがマリアの脇をすり抜けてバルコニーへ飛び出し、光り輝く夏の日差しを浴びた。

子どもたちが手すりをつかんだ。つま先立ちになり、右舷側にあたるバルコニーから海面をのぞき込んだ。ふたりとも、この旅行のために買ったばかりの服を着ている。ストライプのTシャツ、紺色の短パン、真っ白なスニーカー――スニーカー以外は、さっき急にウォータースライドを滑り下りたせいでまだわずかに湿っている。

子どもたちのこういう姿を見るのが、マリアは大好きだ。初めての体験に果敢に向かっていく姿。わくわくした顔であれこれ見てまわる姿。喜びをたたえた目でときおり母親を振り向く姿を。

「ほら、あそこ！」クロエが叫んだ。ジャージー・シティ側の河岸に立つ象徴的なコルゲートクロックを指差している。

「うわー」クリストファーが答えた。「大きいなあ」

「きみも出ないか？」スティーヴが背後からたずねた。

「荷ほどきが残ってるの。すぐ終わるわ」

「わかった」

スティーヴが外の子どもたちのところへ行った。胸の中央に錨の絵が描かれたTシャツに皺くちゃの短パン、革のサンダルといういでたちで、彼のオタク的な部分が表われている。マリアは彼のそういうところが好きだ。決して目立ちたがらないところ。地味なところが。彼が最優先に考えるのは実用性と心地良さだ。

子どもたちも彼を大好きになっている。マリアは、彼と婚約したことを知ったらふたりが取り乱すのではないかと危惧していた。プロポーズする前にスティーヴが子どもたちに許可を求めていたとは、思いもよらなかった。

じつに紳士的だ。

マリアはバルコニーの三人を見つめて満足の吐息を漏らした。ハンガーに掛ける必要のある服を急いでスーツケースから取り出し、クローゼットにしまった。洗面道具類を出し、子どもたちの本やゲームをリビングルームのテーブルに並べた。

ベッドルームを二室そなえたスイートルームにして正解だった。家の狭いバスルームとはちがって、肘や膝をぶつけることなくタオルで体を拭くことのできる広々としたバスルーム。家族でゆったりとくつろぐことのできる広いリビングルーム。四人並んで夕陽を眺めることのできるバルコニー。そして、主寝室があるということは、欲望に駆られたときにスティーヴとふたりきりになれるということだ。

Tシャツをひきだしに入れ、子どもたちのよそ行きの服をクローゼットに吊るした。旅行に出るのは久しぶりだが、マリアは旅のプロのような手ぎわ良さで動いていた。スーツケースのジッパーを閉めてドア脇の荷物棚にかたづけた。

荷ほどきをすませると、マリアはバルコニーの家族のところへ行った。午後の強い日差しから目を守るためにサングラスを下ろした。

クルーズ客船はハドソン川の紺青色の水を切って進み、大西洋に出ると、あとは英国まで船中で十二泊。そのあとマリアたちはロンドンで何日か過ごし、空路でJFK国際空港へ戻る予定だ。

「ほら、あそこ!」クリストファーが叫んだ。「自由の女神像だよね?」

「そうだよ」スティーヴが答えた。「栄光に光り輝く銅像」

クロエがスティーヴのほうを向いた。「でも、緑色よ」

「きみだって、百五十年も海に立ってたら緑色になるさ」

その意味をじわじわと理解したクロエがうなるような笑い声を漏らした。

マリアも笑みを浮かべた。額にうっすら浮かんだ汗をぬぐった。ニュージャージー・セントラル鉄道のターミナル駅跡の方向を振り返った。

その瞬間、凍りついた。

笑みが消えた。

バルコニーの手すりをつかんでいた両手に力が加わり、真っ白になっている。

恐怖が全身を貫いた。

ターミナル駅跡の前のがらんとした五つの埠頭のひとつに、昔ながらのアイスクリーム・カートを押している人影がひとつ。遠すぎて顔はわからない。

そのアイスクリーム・カートが、ワイアット・バトラーが犠牲にした子どもの何人かを誘うのに用いたとされるものと似ているのだ。

乗船は何時間も前に完了している。埠頭にはとうに人がいなくなっている。アイスクリームを買う客などいない。いや、周囲にはだれもいない。船の出航を見送りに来た港湾警備員の姿すら見当たらない。

なのに、どうしてあの男はまだアイスクリーム・カートを押しているんだろう？

マリアの視線を感じたかのように、遠方の男がカートを押すのをやめてこの船のほうを見た。

マリアは震える息を吐き、ぎゅっと目を閉じた。子どもたちの切断された遺体の光景が脳裏に浮かんだ。恐怖に動じないワイアット・バトラーの無表情な顔も。

スティーヴがマリアの肩に腕をまわした。「おい、本当に大丈夫なのか？」

マリアは目を開けて埠頭に目を凝らした。プールデッキの上方にいた男と同じく、アイスクリーム・カートを押す男の姿も消えていた。マリアは激しく瞬きをした。埠頭を見まわした。だが、男の姿はどこにも見当たらなかった。

「わたし……ごめん」と答え、あとずさって室内に戻った。「見たの……見たような気がしたんだけど……なんでもない」

スティーヴがゆっくりと首を振った。「マリア、この一時間で二度目だぞ。そんなこと、もう何カ月もなかったのに。あの裁判のことは忘れないとだめだ」

わずかばかりの落胆を含んだ彼の口調に、思いがけず心が痛んだ。「大丈夫よ。本当に」

「そう願いたいね。いよいよ、すばらしい休暇旅行に出るんだ。大海原に二週間――まさに、いまおれたちに必要なことだ。でも約束してくれ。過去の亡霊に目を向けない。いいね？」

認めたくないが、彼の言うとおりだ。大学のくれた研究休暇がまもなく終わり、もうすぐ職場に復帰する。だが、休暇中も、心をかき乱す光景や考えがやむことはなかった。あとを尾けられている感覚。何者か気づかれ、追及されて——とくに、このぐらいの大きさのクルーズ船で——すべてが崩壊するのではないかという不安。絶えずつきまとっていたマスコミが徐々に減って、すっかりいなくなるまで数カ月。この一年の大半は自主隔離の状態だった。今回の船旅は、社会復帰を試す最初の実質的なテストなのに、早くも不合格になりそうな予感がしている。

正直、あの本に記された手書きの文章について考えるのをやめることができない……

〝おまえはまちがっていた〟

もの思いに沈んでいるのを察したのか、スティーヴが身を寄せて小声で言った。「きみは、おれの知ってるなかでいちばん強い人だ。きみならできるよ」

マリアは作り笑顔を浮かべて彼の肩に顔をうずめた。

その言葉を信じたい。自分を取り戻したいと切に願っている。あたりまえに持っていた強さと自信はほとんど消え失せていた。いろいろあった——あの記者会見、過ぎた時間、研究休暇――けれど、バトラー裁判で負った痛みはまだ全身に残っている。かつてのマリアは何光年ものかなたにいる。ときどき、スティーヴだけが、かつての自分との接点だと感じることがある。知り合ったのはあの裁判のあとなのに。彼の胸に片腕をまわし、ぴたりと身を寄せた。

スティーヴも抱きしめ返してくれた。それでもまだ、マリアはサングラスのレンズ越しに見やった。バルコニーのはるか先を。

「さて、ミズ・フォンタナ……まもなくミセス・ブラナガンになるけど……完璧なマルガリータをもう一杯どうだい？」

マリアは婚約者の唇にキスをしてうなずいた。

9

冷静さを取り戻しなさい、とマリアはみずからに言い聞かせた。この旅行に集中するの。楽しみを台なしになんてさせない。マリアのまわり、プールデッキは活気にあふれている。走らないでとしきりに大声で叫んでいる監視員の注意などものともせず、子どもたちは板張りの熱い床を走りまわって濡れた足跡を残している。

子ども用プールのまわりはひときわ賑やかだ。プラスチック製の安っぽい海賊の剣を振りかざした男児の一団が、悲鳴をあげている女児の一団を追いまわしている。風船で作った動物をしっかりと胸に抱えてピエロ・コーナーから離れる子どもたち。まわりの騒々しい混乱をわざと無視して脚の長いグラスでダイキリを飲んでいる親たち。

船内放送で陽気な声が響いた。

「腹打ち飛び込みコンテストの時間です。参加希望者は受付ブースにお集まりください。年齢・お腹の制限はありません」

マリアはプールのそばに一対のデッキチェアをどうにか手に入れた。座っていた老夫婦が腹打ち飛び込みコンテストでかなりの水を浴びると察して立ち去るまで、辛抱強く待ったのだ。ゴム製のデッキチェアにバッグをぽんと置き、日よけ帽の大きなつばの縁をぐいと引き下ろした。人で混み合ったデッキでも、きょろきょろしているほかの乗客に何者かばれたら、マリアがなんとしても避けたいいざこざへと発展するおそれがある。

この旅行を台なしにするわけにはいかない。なんとしても完璧な旅行にしなければ。この子たちのためにも。

双子は隣のデッキチェアに手足を広げて座っているので、安全ネット代わりの男を探した。ついさっきまですぐうしろにいたのに。

「スティーヴは？」娘を肘でつついた。

「あっちへ行ったよ」クロエがプールデッキの反対側を指差した。子どもたちの関心は、もっぱら腹打ち飛び込みコンテストの参加者が並びはじめたメインプールのほうに向いている。

マリアは首を伸ばしてデッキを見まわした。スティーヴの影も形もない。バッグに手を入れ、日焼け止めローションの瓶をかき分けて携帯電話を引っぱり出した。出港からほんの数時間。岸からかなり近いので、弱いながらもまだ電波を受信している。ホーム画面にスティーヴからのメールが表示された。

〝マルガリータを取ってくる。すぐに戻る〟

マリアは返信を書き込み、送信ボタンを押した。

〝腹打ち飛び込みコンテストを見逃しちゃうわよ！〟

メールが送信済みになるのを待ったが、その表示は現われなかった。画面の最上部、かろうじて一本だけ立っていた電波マークが薄くなって消えた。これきり、サウサンプトンに着くまで電波圏外になるのだろう。法外なデータ通信料金を支払うなら話は別だが、そんな気はない。

スピーカーから聞こえるアナウンスがマリアの思考を遮った。

「まず、はるばるペンシルベニア州から来られたクリスチャン・スピアの挑戦です」

スピアは、根拠のない自信を見せてゆうゆうとプールに近づいた。おそらくアルコールによるところが大きいのだろう。上半身裸の彼は、ふらつく足で飛び込み板に乗り、片手に持ったミラー・ライト缶から残りのビールを一気飲みした。オリンピック競技の出場者を気取って、滑稽なストレッチを行なった。見物客はそれを受け入れた。彼の一挙一動に大喜びではやし立てた。ようやく彼は、ふてぶてしいゴリラのように腹を叩き、ビールの空き缶を額にぶつけてつぶして大喝采を浴びた。

「うわっ！　痛そう」クロエが思わず叫んだ。

「そのとおり」マリアは声をあげて笑った。「まあ、見てなさい」

野獣のような男は腕を左右に広げ、深呼吸をひとつすると、ものすごい破壊力で水面にぶつかった。津波のように盛り上がった水がデッキに飛び散り、三メートル以内にいる人もタオルもダイキリのグラスも、その水を浴びた。マリアと子どもたちはびしょ濡れになった。

クロエとクリストファーは純粋な喜びに頭をのけぞらせて大笑いした。マリアは肌に飛び散った水滴を日差しで乾かしながら、久しぶりにリラックスして笑みを浮かべた。

男は金属製のバーを握った手に力を加え、手すりに体重を預けて、手すりと一体化して見えるように努めた。乗客たちが本日のアクティビティのために集まっているメインデッキを上方から見渡せるこの場所にいるのは男ひとりだ。見ていると、野蛮でみっともない男の体がプールの水面にぶつかり、塩素混じりの水をこんなに高いところまで跳ね上げた。つづいて笑いの大合唱。嫌悪感が波のように全身に広がり、男の筋肉がこわばった。鼻孔から空気を吸い込む。この空気を味わおうとした。記憶にとどめようと。

こめかみの血管がうずく。ごくりと唾を飲み込んだ。子どもたちの叫び声が体じゅうで鳴り響く。黒板を爪で引っかくような音だ。愚かな親どもが野放しにして自由にさせているからだ。

一日じゅう作り笑顔をしていたせいで頬が痛い。従順な犬のようにほかの乗客どもにうなずいてばかりいた。船上の馬鹿騒ぎに嫌悪を覚えているにもかかわらず、陽気な男のふりをしつづけなければならなかったのだ。

ニューヨークで乗船してから少しも楽しめていない。

だが、すべてはある目的のためだ。

あのミケランジェロだって、大理石のかたまりからダビデ像を創り出した。どんなものも最初から美しいわけではない。美は創り出し、形作る必要がある。完成された美を生み出すのは自然もしくは人間の力なのだ。

男はのんびりとデッキを眺めまわし、ようやく子ども用プールに狙いを定めた。大興奮した子どもたちが歓声をあげて遊んでいる。放置された一角獣《ユニコーン》の浮き輪や水鉄砲が、すでに何人ものおしっこに覆われているであろう水面に浮かんでいる。

反吐《へど》が出そうだ。

プールサイドのあるものが男の目を引いた。五人家族がこのお祭り騒ぎに遅れてやってきた。上の子ふたりはタオルを放り捨ててプールに飛び込み、ちょうど始まろうとしていた水上騎馬戦に加わった。

いちばん下の子も参加したくて、服を脱ごうと必死で格闘していた。濡れたプールサイドにシャツを放り、その上にサンダルを脱ぎ捨てた。無頓着だ。遊びに加わりたい気持ちでいっぱいなのだ。その子の身につけていたもので、ちゃんとデッキチェアに置かれているのはひとつだけ。

ニューヨーク・ヤンキースの紺色の野球帽。

男は腕の毛が逆立つのを感じた。胸のつかえがいくぶん取れ、恍惚感が全身に満ちた。

あれを使えば仕上げは完璧だ。

男はなんのためらいもなく、弾むような足どりで船尾側の階段を下り、プールデッキのバーの前を横切った。水平線のかなたで夕日がまだ輝いている。本来ならこの種の行動は夕暮れまで待つのが好ましいのだが、下方の状況は願ってもないほど好都合だった。

こんな好機をみすみす逃す手はない。

男は夫婦や定年退職者たちをよけて通った。たまたま向けられた目を満足させるべく無理やり笑みを浮かべて、足早に、だが急ぎすぎないように歩いた。子ども用プールは左手、数歩先だ。

何百人もの親子が群がっているなかで、濡れたタオルをまたぎ、すばやくなめらかな動きでヤンキースの野球帽を盗み取ると、だれにも気づかれずにポケットに突っ込んだ。バーの前を通って船尾側の階段へ引き返し、男性用トイレに入った。

小便器の前にはだれもいない。

すべての個室が見えるように低く身をかがめ、だれかの足が見えるか確かめた。

個室もすべて空だ。

男は狭い個室のひとつに入り、勢いよくドアを閉めた。ポケットから野球帽を取り出し、刺繍のロゴを親指でそっとなぞった。白い糸の一本一本を指先が感じ取っている。野球帽をひっくり返して、あの子の頭の熱でまだ温かい内側を仔細に見た。

小指で縁をなで、その指で自分の唇をなぞった。ドアの開く音が男の思考を断ち切った。だれかがトイレに入ってきた。男は野球帽をまたポケットに突っ込み、トイレットペーパーホルダーをつかんだ。片手にトイレットペーパーを巻き取り、その手でおそるおそるレバーを押し下げると、水の流れる音が個室内に響いた。

しばらくして、男は嘘の咳をひとつして個室から出た。

入ってきたばかりの乗客と顔を合わせた。

その乗客は男よりも五センチあまり背が低い。若い。おそらくまだ十代だろう。口をだらしなく開けてあえいでいる。顎じゅうに真っ赤なにきび。新たな日焼けのせいでいっそう赤く目立っている。若者はふらつく足で自動水栓の手洗い器のところへ行き、蛇口の下に頭を突っ込んだ。

酔っ払いか。

若者は、なにかは知らないがずっと飲んでいたらしき真っ赤なフローズンカクテルを吐き、手洗いカウンターに突っ伏した。

阿呆め。

嫌悪感を抱いて首を振りながら、男は野球帽がちゃんとポケットに収まっているのを確認した。トイレから出た——また乗客の群れにまぎれよう。

手に入れたばかりの獲物を隠し持ったまま、群衆に溶け込もうと努めた……

10

太陽はすでに大西洋のかなたに沈み、晴れた夜空を星が満たしている。見るからにいらだった様子のパム・メイヤーは船室のベッドの端に座って漆黒の海原を睨みつけていた。フロントデスクに電話をかけて、耐えがたい悪臭について苦情を言い立ててから、もう二時間も経つ。それなのに、まだだれも対応に来ない。においは日に日にひどくなる一方だ。涙が出るほどの悪臭。

パムはいらいらして掛け布団に拳を打ちつけた。

こっちは一泊千ドルも払ってるのよ。

このクルーズに出てまだ五日目。大西洋横断航路の中間点にも達していない。こんな悪臭をあと七日も我慢するなんて、パムは絶対にいやだった。ニュージャージーの自宅にいればこんな出費をしなくてすんだのに、というのが本音だ。

通路で電子パッドがビープ音を発した。

船室のドアが開いて、夫のラリーが、これほどの悪臭を気にもしていないらしく、片手にカードキー、もう片方の手にチーズフライドポテトの皿を持って入ってきた。

「どうだった？」パムは嚙みつくようにたずねた。

「なにが？」

「向こうはなんて言ってた？　頼んだとおりフロントへ行ったんでしょう？」

ラリーは目を合わせようとしなかった。妻に背中を向けて腰を下ろし、指先についたチーズを舐めている。

パムはもぞもぞと夫に身を寄せた。「行かなかったのね？」

「忘れたわけじゃない。ただ……きみだってチーズフライドポテトをまだ熱いうちに食べたいだろうと思ったんだ。これを食べたら行くよ」

「いいかげんにして、ラリー」パムは夫の膝から皿をつかみ取り、ベッド脇の小さなごみ箱に中身を捨てた。「ただでさえこんな悪臭がしてるのに、チーズフライドポテトの皿なんて持ち込まないで」

「おい」ラリーが抗議した。「いったいどうしたんだ、パム？」

「もうこれ以上、一分だってこんな部屋にいるつもりはないわ。たとえあなたがフライドポテトのことしか頭になくても、わたしはこの休暇旅行を台なしになんてさせない。ちょっと行ってくる」

パムはクローゼットからシフォンのカバーアップを取り出して水着の上に羽織った。サンダルを引っかけ、化粧台からカードキーをつかみ取って、部屋を出た。

パムは通路をずんずんと歩いた。すれちがう乗客たちの笑顔は彼女の怒りを募らせるだけだった。

ええ。そうでしょうとも。あんたたちみんな楽しんでるのよね。

悪臭のする船室をあてがわれたのはわたしたちなんだから。

エレベーターで下へ向かい、目を細めて、交渉の進めかたを考えた。問題は——どれぐらい不機嫌に振る舞うか、だ。それは向こうの対応しだい。このクルーズ船が乗客サービスをどれぐらい重視しているか。最低でも、深い謝罪がなければ引き下がらない。うまくすると一部返金を勝ち取れるかもしれない。あのにおいをなんとかするか、別の船室に替えることができないなら、全額返金だ。

エレベーターが停まって、控えめなチャイムの音が鳴った。パムはドアが開くなりエレベーターから降り、フロントデスクの奥の乗組員《クルー》のもとへ直行した。

彼は笑顔で迎えたが、パムは笑みを返さなかった。

「こんにちは。ご用でしょうか？」

「用なら二時間も前に伝えたわ。八一九号室のパム・メイヤーよ」

フロント係はコンピュータのキーボードでなにか打ち込んだ。唇を引き結んだ。「ええ、たしかに。ミセス・メイヤー。すぐに保守点検係がにおい漏れの原因を調べにお部屋へうかがいます」

「におい漏れじゃないわ、ドルー」パムはフロント係の名札を見て言い返した。「悪臭。それに、もう二時間も待たされてる」

「わかりました。お待たせして申しわけありません。一時間以内にお部屋の点検にうかがわせると約束します」

パムは首を振った。これ以上こっちを見下したような対応をされたら怒りが爆発する。気持ちを静めるための呼吸を四回行なった。だが、この一年で二十回も受けたヨガのレッスンも、いまの彼女には役に立たなかった。「さっきも言ったけど、においの出所はうちの部屋じゃない。隣の部屋よ。八一七号室（船室の部屋番号は左舷側が偶数、右舷側は奇数が一般的）」

フロント係はさらにキーボードでなにか打ち込んだ。「まちがいありませんか？」彼は何百もの船室のデータ表に目を通した。「八一七号室は空室なので、おっしゃるようなことはまず――」

「八一七号室よ」パムはそっけなく答えた。「その話ならもうすんでる。三人に三回、説明してるわ、ドルー。うちの部屋とのあいだに連絡ドアがある。悪臭はそこからしてる」

「まちがいありませんか？」

「まちがいない。さあ、内線電話をかけて、だれかの尻に火をつけてもらえる？」

フロント係は作り笑いを浮かべて内線電話の受話器を取り、どこかにかけた。しばらく小声でやりとりを交わしたあと、判で押したような作り笑いをまた浮かべた。「ミセス・メイヤー、いますぐ保守点検係をやります。お部屋に戻ってお待ちください」

「ありがとう」

パムはくるりと背を向けてフロントデスクから離れた。近くにいた数人が妙な目で見る。怒りに満ちた彼女の顔は、フロントデスクの前を通りかかる何十人もの気楽な乗客のなかでは場ちがいで目立つからだ。

どうとでも思いなさいよ。自分の船室で同じ問題が起きたら、だれだって頭にくるはずよ。

この世には、人の言いなりになる人間と、人を言いなりにさせる人間がいる。パムはほくそ笑んで自分の船室へ引き返した。

八階に着き、部屋に入った。

ラリーはミニバーから取り出したバドワイザーの缶ビールを飲んでいた。パムが入っていくと缶を下ろし、うしろめたそうな顔をした。「どうだった？」

「すぐに来るって」

「よかった」ラリーがパムを引き寄せた。「なあ、言われたとおりにしなくて悪かった。夕食のあと、埋め合わせをすると約束する」彼はわざとらしいウインクをした。

「しっかり励んでもらうわよ」と言ってパムはウインクを返した。

隣室の悪臭がふたたびパムの鼻をとらえなければ、甘美なひとときになったはずだ。

次の瞬間、船室のドアにノックの音がした。

「やっと来た！」パムはドアロに駆け寄り、さっとドアを開けた。

クリーム色の作業服を着てツールベルトを腰に巻いた女が立っていた。「お部屋に問題があるそうですね」

「隣の部屋から悪臭がするの」

「入って調べさせてもらっていいですか？」

パムは手のひらを広げて室内を指した。「どうぞ！　わたしたちの休暇旅行を守ってちょうだい」

女は船室内を動きまわった。まず狭苦しいバスルームのなかを調べた。次にミニバー。つづいてベッドの周辺。そしてベッドサイドテーブルの下のなにかに目を留めた。

「ごみ箱にチーズフライドポテトがどっさり入ってますけど」

「ああ、ちがうの」パムはそうではないと手を振った。「それはさっき捨てたばかりよ。それに、これがチーズフライドポテトのにおいだと思う？　チーズフライドポテトが悪臭を放ったことがある？　においの原因は隣の部屋よ」

「なるほど」

パムは、隣の船室とのあいだの施錠された連絡ドアの前に立ち、片足でいらいらと床を打つ音を立てながら待っていた。

やがて、メイヤー夫妻の船室をもう少し調べたあと、保守点検係の女も連絡ドアの前へ来た。

「これで信じてくれる？」パムがたずねた。

「ええ、おっしゃるとおりです。この部屋に問題はありません。においの原因は、隣の部屋とつながっているこのドアの向こうにあるようです」

「だからそう言ってるでしょう」

女はツールベルトから大きな鍵束を取り、そのなかから目当ての鍵を見つけ出した。それを連絡ドアの鍵穴に挿してまわした。パムは女の肩口に立ってドアが開けられるのを待った。この悪臭の原因を見届けたかった。

きっと、今回の旅行代金をただにしてもらえる。レビューサイトの《イェルプ》に投稿すれば、少なくとも代金を割り引いてもらえるはず。

「ドアを開けるので、下がってもらえますか？」女が言った。

パムは二歩下がった。

女がドアを開けると、だれもいない真っ暗な隣の船室が広がっていた。

暗がりから放たれる強い悪臭がパムの嗅覚を襲い、五感を麻痺させた。

これは腐敗臭だ。腐ったもののにおい。

たとえば、腐乱した動物の死体とか。

保守点検係の女もこのにおいにたじろいでいる。片手を伸ばして壁を手探りし、明かりのスイッチを押した。その瞬間、身の毛がよだつような甲高い悲鳴をあげた。

パムは女の肩越しにのぞき込み、気絶しそうになった。どうにかその場に立ってはいたものの、肺が空になるぐらい大きく響き渡る悲鳴をあげていた。

「ああ……神よ」ラリーがぼそりと言った。

三人は隣室のベッドを見つめて立っていた。立ちすくんでいた。完全な、純粋なショック状態で。

パムは、生まれてこのかた、こんなおそろしいものを見るのは初めてだった。

11

十階にあるオペレーションルームの壁の電話が鳴った。この船の警備責任者ジェイク・リースは座ったまま回転椅子の向きを変え、ずらりと並んだ防犯カメラのモニタの前から椅子を転がしていって受話器を取った。もしもしと応じる間もなく、ベルトにつけたポケットベルもビープ音を発して彼の対応を求めた。

なにか起きている。

リースは受話器を耳に押し当てた。「警備司令室。ジェイク・リースだ」

「フロントのドルーです」取り乱した声だ。「八一七号室へ行ってください。八一七号室。お願いです。いますぐに」

「落ち着け、ドルー。なにがあった？」

「保守点検係が……死体を発見して」ドルーは口ごもりながら声を絞り出した。

リースは座ったまま背筋を伸ばした。「了解。あとは訓練どおりの手順で、ドルー。とにかく、落ち着け。医療スタッフに現場で待つよう伝えろ。こっちもいまから向かう」

「いえ、そうじゃなくて――」ドルーが言いかけたが、リースは最後まで聞かずに通話を切った。

リースは副主任のトレイシー・ヘンドリックスに向かって首を振った。長いため息を漏らした。ついてない。今回はなにごともなく終わるかもしれないと思ったとたん、これだ。

「どうしました？」ヘンドリックスがたずねた。

「船室で乗客が亡くなった」

「やれやれ」ヘンドリックスは頭を垂れて、やはり長いため息を漏らした。「例によって、なんらかの基礎疾患を抱えてたんでしょう」

「きっとそうだろう」リースは同意した。「知らせてきたフロント係は、まるでクルーズ船で初めて人が亡くなったみたいなうろたえぶりだった」

この規模の船ではその手のできごともめずらしくない。クルーズ船で勤務するようになって以来、リースはおそらく百人ほどの死体を見てきたが、そのほぼすべてが自然死だった。もちろん海に転落して亡くなる人もおり、その件数は世間に公表されている以上に多い。そのほぼすべてが泥酔による事故だ。

リースは保管庫からグロックの拳銃を二挺取り出した。必要だからではなく習慣からだ。

一挺を渡すと、ヘンドリックスはすぐにホルスターに収めた。実際は医療スタッフが処理することになるだろうが、リースは一応、処理に当たる形だけは取った。

「よし、確認に行こう」

リースはマイアミ警察で警察官として十二年の勤務経験を持っている。クルーズ船での勤務も十年以上になる。ヘンドリックスは副主任になってまだ数年だが、部下のなかでもっとも優秀だ。職務に心血を注いでいると感じられる。ふたりともこの仕事が好きなのだ。もっと重要なことに、リースは彼女を信頼している。警察官時代の同僚について、そう言い切ることのできる相手はそう多くはいなかった。

ふたりは、各階のあいだを走る隠し通路のひとつへ向かった。薄青色の簡素な通路を急ぐ。リースはトランシーバーで部下ふたりに八一七号室へ来るように指示した。ヘンドリックスとともに八階まで階段を下り、非常口のドアのひとつから一般通路へ出た。

ほんの一メートルほど先にひと組の夫婦が立っていた。水着にシフォンのカバーアップを羽織った女と、アロハシャツに鮮やかな色の短パンというういでたちの夫。女は目に涙を浮かべている。夫が慰めるように肩を抱き、ふたりは八一七号室から離れかけた。

「大丈夫ですか？」ヘンドリックスが声をかけた。

「どう思う？」女がかすれた声で答えた。「わたしたち、隣の部屋なの」

ヘンドリックスは、何人かのスタッフが来ている通路の端へと夫婦を導いた。ふたりがなにを見たにせよ、乗客サービスのスタッフがみごとな手並みで対処する。会社が万全の手を打ってきたからだ。とくに近年は。顧問弁護団、いくつもの段階を踏む手順、秘密保持契約書のおかげで、あの夫婦が目にしたものが詮索好きなマスコミに漏れることは断じてない。

リースは八一七号室へと向かった。これまでに何百回も嗅いだ、おなじみのにおいが通路のずっと先から漂っている。まちがえようのないにおいだ。

保守点検係の女が、いまは開け放たれた八一七号室のドアの前に立っていた。鼻を強くつまんでいる。「このなかです」彼女が言った。

リースは了解した印にうなずいた。ドアロを通るなり、まごうことなき人間の腐敗臭が鼻孔から侵入してきた。リースは肩越しにヘンドリックスを見た。彼女はリースの険しい顔を見返した。

このにおいだけでも、リースには、死後間もない死体ではないとわかる。経験から言って、この乗客が死んでからかなりの時間が経っているとわかる。

ベッドルームに入り、リースは凍りついた。

「なんてこった」と小声で漏らした。

ヘンドリックスがぴたりと足を止めて隣に立った。「いったいなにが……」言うなり、口もとを押さえて吐き気を抑えた。

切断された人間の頭部がベッドの中央に周到に置かれている。男だ。丸眼鏡――左側のレンズは割れている。唇がわずかに開いている。室内に血痕はまったく見当たらない。体もどこにもない。

自然死のはずがない。

これは……

リースは、間を取って気を落ち着かせ、たったいま犯罪現場に足を踏み入れたのだと心した。まだ結論を急ぐ必要はない。

シーツにはほかのものもいくつか置かれているが、それはあとまわしでかまわない。まずは、迅速な行動を取る必要がある。リースは足早に外の通路へ戻った。

部下ふたりが到着していた。ヘンドリックスが採用した若者たちだ。彼女が信頼している男たち。この種の状況を経験したことがないのは知っているが、初動調査を行なうあいだ、この部屋にだれも立ち入らせないぐらいのことはできるだろう。

「いますぐ、この通路に面する区域の船室をすべて空にしろ」リースは指示した。「この区域の乗客たちを別の部屋へ移そう。アップグレードするとかなんとか、適当に説明するんだ。そのあと、この区域を封鎖し、何人たりともおれの許可なくこの部屋へ立ち入ることを禁止する」

「だれひとり?」部下の一方がたずねた。

「だれひとり。スタッフも含めて。追って通知するまでは。それと、箝口令を敷く。われわれもだが、目撃した乗客にもだ。わかったな? パニックなどごめんだし、なにより噂が広まるのはごめんだ」

リースは室内に戻った。彼の率いる警備チームには肉眼と写真による証拠撮影ぐらいの鑑識能力しかないのが現実だ。自分たちにできるのは、現場を封鎖・保存することだけ。そして、願わくは被害者の身元をつきとめることだ。犯人を捕まえることについては……まあ、自分たちがマイアミ警察ではないのは承知している。この船で指紋や血液の分析を行なうなど問題外だ。

船長は回答を求めるだろうし、早急になんらかの答えを出したほうがいい。

ベッドルームに戻ると、ヘンドリックスはすでにラテックス手袋をはめ、手持ちのタブレットで保守点検記録と乗客名簿にアクセスしていた。

リースは携帯しているボディバッグを開けた。ラテックス手袋をはめてカメラを取り出した。ベッドに近づき、おもむろに陰惨な現場の写真を撮りはじめた。

ハンカチで顔を押さえ、口で息をして、胸が悪くなるにおいを嗅がないようにした。

切断された頭部は、皮膚にいくつも斑点が出て、顔がひどく腫れ、腐敗の兆候が現われている。推定するなら、死後一週間といったところか。となると、出港直前にここに置かれた可能性がある。

「この部屋の乗客は?」リースはたずねた。

「乗客名簿では、ここは空室になっています」ヘンドリックスがタブレットで調べて答えた。「六日前、乗客の乗船前の清掃で異常は報告されてません」

「最後に清掃したスタッフと客室管理責任者から話を聞きたい。マスターカードキーの紛失届が出ているかどうか。何者かがこの部屋に入り、これをここに置いた。それがだれかをつきとめたい」

「了解」ヘンドリックスが答えた。

「防犯カメラ映像も確認しよう。可能なかぎりさかのぼって。この十日のあいだにこの部屋に出入りした者をすべて知りたい。前回の航海中の映像だとしても」

ヘンドリックスがうなずき、ふたりに代わってオペレーションルームに詰めている連中にトランシーバーで指示を伝えた。

リースはベッドの脇にかがんだ。切断された頭部にゆっくりと近づく。

首の根本の腱が、まるで編み上げ靴の紐のように蝶結びにされている。内臓の断片らしきものは付着していない。このおぞましい行為は死後に、それも、死体の血を抜いたあとで行なわれたのだ。

リースは身震いした。

こんなものは写真でしか見たことがなかった。連続殺人現場へ赴いたマイアミ警察時代の同僚たちから聞いたことがあるだけだ。犯人はこの〝作品〟を作り出すために多大な手間をかけている。

右耳の横に、ニューヨーク・ヤンキースの子ども用の野球帽が鎮座している。

頭部は、どう見ても大人の男のものだ。それは、顎ひげ、皺、まばらに生えている白髪を見れば一目瞭然だ。なのに、なぜ子ども用の野球帽が？

ベッドの反対側には古いタイプライター。オリンピア社製で、本体はカーキ色に塗られ、キーは真新しい。これまで一度も船内で見かけたこともなく、リースにはわけのわからない代物だ。タイプライターの存在自体が奇妙に思える。

時代遅れだ。

リースは身をのりだし、また写真を撮った。「なにか書いてある」

タイプライターから飛び出している紙をのぞき込んだ。

司法制度に止められないなら、だれがあの男を止める？

そのメッセージはわざわざ、キーを叩けば音がするタイプライターで打たれている。どの文字も完璧だ。修正液を使った跡は見当たらない。

「いったいどういう意味でしょう？」ヘンドリックスが彼の肩口からのぞき込んでたずねた。

「からかわれてるんだ。全点呼を行なおう。乗組員も乗客も全員だ。だれがいないかわかれば、この男の身元がわかる。うまくいけば、これをここに置いたのがだれかもわかるだろう」

12

船内放送で感情のない声が繰り返し轟いた。マリアはクロエとクリストファーの手を取り、映画シアターの前で足を止めた。ほかの乗客たちも、思いがけない突然の案内に一様に面食らった様子で立ち止まっている。

「乗客のみなさま。全点呼を行ないますので、あらかじめお伝えした緊急時集合場所へ各自お集まりください。乗組員が全区画を開放し、指定の集合場所へ移動しやすくしています。すみやかなご協力をお願いします」

幼い子を連れた女がマリアのほうをちらりと見た。「どうして全点呼なんて」

マリアは肩をすくめた。「さあ」

「だれかいなくなったんだと思う？」

「集合場所へ行けばわかると思うけど」マリアは申しわけなさそうな笑みを浮かべて子どもたちを見下ろした。「すぐに終わるわ。わたしたちは無事だってことを船の人たちに知らせないといけないの」

「でも映画を見逃しちゃうよ」クリストファーが文句を言った。

「上映を待ってくれるわよ。観るのは明日にしてもいいし」

「スティーヴは？」クロエがたずねた。

「きっと集合場所で会えるわ。さあ、行きましょう」

スティーヴは部屋に残って昼寝をしていた。彼は眠りが浅いからなんの心配もない。

マリアは子どもたちの手をしっかりと握って階段のほうへ向かった。まわりでは急激に人が増えている。乗客たちがシアターや船室、プール、ビュッフェから出てきたのだ。あらゆる施設がたちまち空になった。

緊急時集合場所のひとつである広いダンスホールへと向かって大勢が階段を下りていた。乗船直後に行なわれた訓練どおり、階を下るごとに人が増えていく。周囲の人びとを支配している感情はいらだちだった。こんなタイミングでという不満。どこかの子が親とはぐれたんだろうという――まあ、それはよくあることだろうとマリアは思った――根拠のない噂。

マリアと子どもたちはダンスホールの左後方という集合地点に向かった。蛍光オレンジ色のベストを着た担当乗組員がクリップボードを持って立っている。スティーヴと目が合い、マリアは安堵のため息をついた。先に来ていた彼は、古代ローマ風を模した柱のひとつに寄りかかっていた。

「よう、スティーヴ」クリストファーが言った。

「よう、相棒」

スティーヴはクリストファーと拳を合わせた。それが〝クール〟だというのがスティーヴの考えだ。

マリアは受付へ向かった。「九二五号室。フォンタナ。家族四人そろっています」担当乗組員がクリップボードに挟んだ名簿をペン先で追い、言われた船室番号を見つけた。一瞬スティーヴを見やってから、名簿に記された名前に線を引いて消した。「ご協力ありがとうございました。もう行っていいですよ」

「もういいの？」

「はい。こんなに早く来ていただき、ありがとうございました」

「こんなことをする理由を聞かせてもらえる？」

「大丈夫、心配されるようなことはなにもありません。ごく通常の全点呼です」

「でも、出港から六日目よ」マリアは質問を重ねた。「それが通常なの？　だれかいなくなったの？」

担当乗組員は首を振った。「いえ、そういうわけではありません。さあ、ミズ・フォンタナ、引きつづきこの旅をお楽しみください」

マリアはしばし彼の顔を探ったあと、踵を返した。彼の返答は本物のようだ。すべてが正常に見えるが、それでもまだ、航海途中で全点呼が行われることに対する違和感の説明がつかない。マリアは人混みを縫うようにしてしてスティーヴのもとへ向かった。

ふと耳に入ってきた言葉に、足を止めた。明らかに酔っぱらっている、二十代後半と思われる五人組の女が、船内で聞き込んだ噂を興奮して披露し合っている。マリアは彼女たちのやりとりに耳をすました。

「――切り落とされた頭がベッドに置かれてたって。でも、体はなかったそうよ」ひとりが小声で言った。「それだけじゃないの。血も一滴も落ちてなかったらしいわ」

「どうしたらそんなことが？」別のひとりがたずねた。

「さっぱりわからない。女性客が自分の部屋の隣の空き部屋で見つけたんだって。その女性が警備員に話してるのを聞いた人がいたの」

「事故だと考えられてるの？　それとも殺人？」

「なに馬鹿なこと言ってるのよ。クルーズ船で、あやまって自分の首を切り落とすなんてことがある？　それも、自分の船室で」

この興奮したやりとりを聞くうち、マリアの心拍が跳ね上がった。はっと息を呑んだ。

耳に入ったわずかな情報——それが噂のほぼすべてだろう——から判断して、見つかった
とかいう頭部の状況に聞き覚えを感じてぞっとした。

ワイアット・バトラーがなんの罪もない子どもたちに働いたとされる手口に似ている。

やめなさい、マリア。

また妄想症状に陥りかけてる。

マリアは、いま盗み聞いた話をスティーヴにこっそり打ち明けるかどうか考えながら、
彼と子どもたちのところへ戻った。

「マリア、大丈夫か？」スティーヴがたずねた。「幽霊でも見たような顔をしてるぞ」

「大丈夫。酔っぱらいの噂話を耳にしただけ。話して聞かせるほどのことでもないわ」

スティーヴがマリアの肩に手を置いた。「部屋へ戻って、状況が落ち着くのを待とう。

今夜の計画を練ってもいいし。それでどうだ？」

マリアは笑みを浮かべた。「それでいい」

いまは、ひとりで考え込まずにすむならなんだっていい……

ジェイク・リースは、またしてもキングサイズのベッドの周囲をまわりながら、切断さ

れた頭部、ヤンキースの野球帽、タイプライターを見つめていた。警備チームはこれら以外の物的証拠をなにひとつ見つけていない――この部屋に無理やり侵入した形跡も、場ちがいなものも、わずかなりとも乱されたものも。地上及び船上における長年の経験のなかで、リースがこれほどまでにおそろしく異常な犯罪現場を目の当たりにしたのは初めてだ。これに匹敵するのは、マイアミ警察時代に目にしたなかでもっとも残忍な、薬物依存者による復讐殺人ぐらいだろう。船はすでに航路の半ば近くに達しているので、船長はサウサンプトンまで航海を続け、向こうの当局に捜査をさせるだろう、とリースは踏んでいた。それまでは、証拠を保全し、乗客と乗組員のだれにも危険が及ばないようにするのが自分の務めだ。そのためにも、まずは被害者が何者なのかをつきとめなければならない。

ヘンドリックスが戻ってきた。「全点呼が完了しました」

「それで？」リースはたずねた。

「とても信じられないと思います」

「言ってみろ」

「乗客は全員確認できました。乗組員も。いなくなった人はいません。ひとりも」ヘンドリックスは肩をすくめた。「つまり、密航者がいたということのようです」

「何者かがこの船にこっそり乗り込んだってことか？　セキュリティチェックも出国手続

きもすり抜けて？　まあ、それも可能か」

リースは頭を掻きながら状況を考えた。

「それか、われわれに発見させるために何者かが船内に持ち込んだか」と言い足した。

「言うなれば、旅の土産だ」

「奇怪になる一方ですね」

「まったくだ」リースは答えた。「ひとつ質問させてくれ。乗客・乗組員のだれも失踪していないとしたら、いったいどうやってこの男の身元をつきとめる？」

13

太陽が真綿のような白雲のかげに隠れた。マリアはサマーベッドの上で横向きになって腕時計を見た。まもなく正午。目の前のバーで子ども向けのマジックショーが始まるまであと一時間。スティーヴは隣のサマーベッドに寝転んでモンスター・ホラー小説を読んでいる。クロエとクリストファーはすぐそこのプールサイドで、できたばかりの友だちと遊んでいる。

表面上は至福に包まれたひとときだ。

「その本はどう?」マリアはスティーヴにたずねた。

「結構おもしろい。古生代のクモを狩る話だ。きみの好みに合うと思うよ」彼が寝返りを打ってマリアのほうを向いた。「今日はなんだか妙な空気だと思わないか?」

「どういう意味?」

「ひっそりしてる。まるで……よくわからないけど。昨日より静かだ」

マリアはプール・エリアを見まわし、船上の雰囲気を感じ取ろうとした。たしかに、昨日に比べれば人は少ない。大西洋のど真ん中で、涼しめの気温だからかもしれない。人の少ない理由はともかく、雰囲気自体も低調だと気づいた。妄想症状に陥るといけないので、ずっと気にしないように努めていたのだが。

「そのとおりね」と答えた。

「昨日の全点呼のあと、いろんな噂が駆けめぐってるし、みんな怖気づいてるのかもしれないな。よくわからないけど」

「もう、スティーヴったら。わたしより不穏なことを言ってる」

「言ってみただけだよ。でも、言いたいことはわかるだろ？」

「わたしが言うのもなんだけど、妄想症状に陥らないようにしましょうよ」

彼は腹の底から笑い、マリアの唇にキスをした。「そのとおりだ、ミズ・フォンタナ。たいてい、きみの言うとおりだ」

「たいてい？」マリアは甘い声で言い返した。「ねえ、なにか飲まない？」

「そうだな。ウォツカ・スプライトにはまだ早すぎるか？」

心配そうなふりをしている彼の顔を見てマリアは笑みを浮かべた。「先週なんて言ってた？　英国時間で行動する、でしょ」

マリアはサマーベッドからさっと立ち上がってなんとかTシャツを着ると、バーへ向かった。うまく隠したものの、スティーヴが言ったことや野火のごとく広まったおそろしい噂について考えるのをやめることができなかった。昨夜ふと耳にした、背筋も凍るような話について。頭部を切り落とされた乗客。体はなし。血痕もなし。

そのおそろしい噂は妙に……具体的だ。

マリアはバーへと入りながら深いため息を漏らした。順番を待っている人は数えるほどだ。

サングラスで目が隠れているのをいいことに、あたりを見まわしてほかの乗客たちの様子をこっそりうかがった。ひとりひとりを吟味し、顔の特徴を観察し、変わった点や不自然な点を探した。そのとき、裁判の際の不可解な詳細のひとつを思い出した。ワイアット・バトラーを有罪だとする検察側の主張に疑問を投げかけた、ある詳細を。

目撃供述に基づいて各警察が作成した連続殺人犯の似顔絵が、それぞれ完全に異なっていたことを。髪の色や髪形、目の色や形、身長、体重、年齢。何人もの子どもが同じ手口で殺害されたのに、各警察の作成した殺人容疑者の似顔絵にはなにひとつ類似点がなかったことを。この船で本物の殺人者の隣に立っているかもしれないのに、マリアにはそれを知る術《すべ》がないのだ。

あの明らかな食いちがいについて、検察側はまともな説明ができなかった。

警備チームの一員がバーの店内を横切ろうとしていた。歌手のケリー・クラークソンをいかめしくしたような顔の女で、紺色のポロシャツに同色の短パンをはいている。どこかへ行く途中なのか、階段へ向かっている。

マリアはバーから離れ、店内の中ほどで彼女をつかまえた。昨夜の全点呼について、なんとしてもくわしい事情を知りたかった。

彼女は、行く手に立ちふさがったマリアと目を合わせた。「なにかご用ですか？」

「ええ、まあ。マリアと言います。少しばかりおたずねしてもいいかなと思って」

「もちろん。どのようなご質問ですか？」

マリアは視線を下ろして女の名札を見た。「ミズ・ヘンドリックス、ゆうべ全点呼を行なった理由を教えてもらえる？」

「ご心配いただくようなことはなにもありません」

「そんなことは訊いてない」

「お客さま――」

「マリアで結構よ」

ヘンドリックスは観念した様子でうなずいた。「わかったわ、マリア。心配するようなことはなにもない。船に乗っている全員の確認が取れたから」

マリアは彼女に近づいた。周囲を見まわして、バーにいるだれにも聞こえないことを確認した。「頭部を切断された男は？　その男の身元も判明したの？」

ヘンドリックスの作り笑いがたちまち消えた。「わたしがあなたの立場だったら、そんな憶測には耳を貸さないし、その手の話は自分の胸に収めておく。クルーズ船内では、船よりも速い速度で噂が広まるってことを覚えておいて」

「ねえ、教えて。わたしは心理学者よ。こんなことを訊いたのは、協力したいからなの。船に乗っているだれかが助けを必要としているとか、心になんらかの深い傷を負っているのなら――」

「かならずあなたに知らせるわ」

マリアの話を遮ってそう言うと、ヘンドリックスはマリアの脇をまわってそのまま歩きつづけ、いまのやりとりのことなど頭から追い払った。

話を途中で切り上げられたため、マリアの不安はろくにおさまらなかった。それどころか、ヘンドリックスが口を濁したことによって、昨夜なにか悪いことが起きたのではないかという疑念が強まった。

血走った目をした中年男がバーからまっすぐに向かってきた。ケチャップのしみのついたアイアンマンのTシャツを、ふぞろいに伸びた長いひげが隠している。手に持ったショットグラスで、ヘンドリックスの去ったほうを指した。「あの女、なにか言ったか?」

「いいえ」

「こっちもだ。一時間前に訊いてみたんだ。ほとんど役に立たない」

マリアはうなずき、酒くさい男からゆっくりと離れた。「では、これで」

マリアは男に背を向けて立ち去ろうとした。スティーヴの飲みものはあとでかまわない。情報はもっと欲しいが、酔っぱらい男と話をするのはごめんだ。

「首のことは聞いたか?」男がうしろから言った。呂律があやしい。

マリアは不意を突かれて向き直った。

男は不明瞭な声で言った。「同じ階の客のひとりから聞いたんだ。男の頭を切り落としたやつは、きれいな蝶結びにしてたそうだ。すべての腱を。そんなまねをするのはどんなくそ野郎だ?」

男の話にショックを受けてマリアの手脚が凍りついた。男の問いに対する答えは明白だ。

ようやく、マリアはくるりと向きを変え、足早にサマーベッドに戻って、完全にパニックを起こさないようにこらえた。

「飲みものは?」マリアが座り込むなりスティーヴがたずねた。

マリアはその質問を無視し、酔っぱらい男の言ったことをじっくり考えた。

蝶結びにしてた……

すべての腱を……

死体のさまざまな光景が一気によみがえった。すると、心のなかであの法廷に戻っていた。


「裁判長、証拠の提示に移りたいと思います」

ワイアット・バトラー裁判で勝つためにニューヨーク州は全力を尽くした。検察側弁護士はエドワード・〝ザ・キラー〟・コール。オールバニの上層部による身内びいきがなければ州検事総長になっていたであろう男だ。〝殺人者《キラー》〟を自称する彼が、アメリカ最悪の連続殺人犯とされる被告を訴追するという皮肉。全国タブロイド紙の見出し記者は大喜びだった。

「陪審員のみなさん、こちらのスクリーンにご注目ください」ミスタ・コールが求めた。「ショックを受けるかたがいるかもしれない過激な内容であることを心に留めておいていただきたい――いかんせんミスタ・バトラーによる凶悪でまぎれもなく残忍な行為なので」

スクリーンが明滅し、証拠物件Aの悪夢のような光景が映し出された。

はっと息を呑む音が法廷内の静寂を破った。判事はマスコミの傍聴を許可していなかったが、傍聴席を確保した市民が声を漏らしそうになった。裁判が始まって最初の数日で、マリアにはどの被害者の遺族が傍聴しているのかがはっきりとわかった。彼らが息を呑む音を聞いて、マリアの胸は張り裂けそうだった。

「静粛に！」判事が木槌を打ちながら命じた。

「ありがとうございます、裁判長。ここに示したとおり、証拠物件Aは、ミスタ・バトラーの三人目の被害者とされるケイトリン・ブロデリックのご遺体です。失踪・殺害当時六歳でした。最後に目撃されたのは下校する姿で……」

検事の声が耳に入らなくなった。スクリーンにまざまざと映し出されたままの光景がマリアの瞳を貫いた。瞼を閉じても遮断できない。身動きできなかった。麻痺したように全身がすくんでいた——こんな幼い少女がたったひとりで迎えたむごたらしい死のほんの小さな断片をかいま見ただけなのに。

凄惨な犯罪現場写真のなかで、少女は廃屋となった丸太小屋の床に無理やりひざまずかされていた。長さ十五センチの釘を足と膝に打ち込まれ、両脚を固定されていた。スチール棒で背中を支えられているため上体が不自然にまっすぐ立っていて、まるでマネキン人形のようだ。犯人は少女に、二サイズほど大きな男児用のデニムのオーバーオールを着せていた。両腕は切り落とされ、体の前に置かれている。瞼は開いていて、まるで少女が自分の死を見下ろしているかのようだ。

少女にこんなまねをした人でなしは、蹂躙のかぎりを尽くしている。三つ編みにした茶色の髪は付け根から切り落とされ、わざと編み込んで完全な円形を作って床にきちんと置かれていた。

だが、なによりおぞましくショッキングなのは、体から切り離された少女の頭部が、天井からぶら下がっているロープに吊るされていることだ。〝作品〟の上方で小さく揺れていることだ。

血が見つかると、だれだって思う。大量の血が。ところが、この現場からは一滴の血も見つからなかった。その代わり、頸動脈と頸静脈が蝶結びにされていた——ピンク色のきちんとした蝶結びに。クリスマスプレゼントに欲しがっていたアクセサリーを少女がようやく身につけたというように。

マリアは吐き気をこらえた。法廷のほかの人たちはこらえきれず……

マリアは現実に気持ちを引き戻した。

依然として、青く澄んだ空で太陽が輝き、プールサイドで遊んでいるクロエとクリストファーは興奮して歓声をあげている。だがマリアはもの思いに沈んだままだった。凍りついていた。

状況がすべて、あの事件と酷似している……

そんなはずがない。

そうでしょう？

14

十歳のオーウェン・デイリーは必死で眠気と戦っていた。両親はもうベッドルームに引き取っている。ふたりが眠ったのを確認したら、母親のネックストラップからカードキーを抜き取ってバスケットボールコートへ直行する計画だ。船の後部に近いひっそりしたエリアだし、コートはきっと空いている。

オーウェンはデジタル時計を見つめた。まもなく午後十一時。ほかの乗客たちがダンスホールでカラオケをしたり酒を飲んだりしているのだろう。オープンデッキのかなたから聞こえてくるパーティの騒音は、だれかが船室に戻るために自動のガラスドアが開閉するたびに大きくなる。

オーウェンはあくびを嚙み殺した。一日にひとつぐらい楽しいことがあってもいい。昼間に水上騎馬戦である女の子に負けたあと、寝る前に少しだけバスケットをしようと心に決めていた。

そろそろ部屋を抜け出そう。

忍び足でドアロへ。オーウェンは掛け布団を半分だけめくった。ゆっくりとドアを開ける。ドアがきしんだので顔をしかめた。薄暗い外通路に出て、船室のドアを閉めた。

そのまま少し待ち、両親があわててベッドから飛び出してくる気配がないか耳をすまして確かめた。物音はしない。そこでオーウェンは早足で部屋を離れた。めざすデッキまで階段を駆け上がり、ドアへ向かった。

老夫婦がこっちへ来る。

目を合わせないように下を向いて、ドアから外へ出た。

風が吹きはじめていた。激しい風が緑色のTシャツを吹き抜けて、オーウェンは背中が寒くなった。人気《ひとけ》のない通路を、船の後部へと進んだ。パーティの騒音から遠ざかる。ひとりきりで楽しむためにひっそりした場所へ近づいていく。

バスケットボールコートにはだれもいない。

コートへと入りながら笑みが大きくなる。

夜になると保守点検係がボールをしまうのだが、オーウェンは、ベンチの下に入り込んで忘れられたボールをひとつ見つけた。昼間に傷んだらしく、ボールは少し空気が抜けてしぼんでいる。かまわない。そのおかげで、彼の小さな手でもボールをしっかりとつかむことができる。

ゴールリングをめがけてボールを放る。縁に当たって跳ね返ってきた。

ボールの跳ねる音が響くなか、声がした。「むずかしいシュートだったけど、いい線行ってたな」

見ていた人がいたことに驚いて、オーウェンはくるりと向き直った。

コートを囲んでいる金網フェンスを両手でつかんで、男が立っている。

「なかで見物してもいいか？」男がたずねた。

疲れているし、どうでもいいので、オーウェンは返事もせずにゴールリングに向き直った。昼間、両親の馬鹿な友人たちから親愛の印に何度も頬をつねられたあげく、また大人が邪魔をする。

男はフェンスのすきまから無理やり入ってきて、ドリブルをしているオーウェンに近づいてきた。「言っておくけどさ。おれもスポーツは好きなんだ。きみの好きなスポーツは？」

オーウェンは思案した。「野球」しばらくして答えた。

男が声をあげて笑った。「野球かあ。おれもだ。当ててみようか……ヤンキースが好きだろ？」

「うん！　ヤンキースは大好き！」オーウェンがにっこり笑うと、前歯が抜けたままのすきまが見えた。「でも今日、お気に入りのヤンキースの帽子をなくしたんだ。ママにすごく怒られた」

「ああ、それは残念だったな。きっと、どこかから出てくるよ。で、きみの名前は？」

「オーウェン」

「まさか！　本当に？　おれの名前もオーウェンなんだ」男が親しみのこもった笑みを浮かべた。

オーウェンは片眉を上げて男を見上げた。「本当？」

「ああ。生まれたときからずっとこの名前だよ」

オーウェンは男の言いかたに、にっと笑った。

「年は？」

オーウェンはまたシュートを放《はな》った。ボールがぶざまにバックボードに当たって跳ね返り、コートの中央あたりに転がったので、オーウェンは走って追いかけた。

男はゴールの下に立った。「十二歳にはなってるんだろう？」

「十歳だよ！」

「十歳か。もっと上に見えるよ」男が答えた。「十はいい数字だ。フィル・リズートの背番号だった」

ヤンキースの伝説の選手の名前を出されてオーウェンはほほ笑んだ。その場でドリブルしてからシュートの構えを取り、ゴールリングへ放った。

高く上がったボールはゴールリングの縁にも届かなかった。

ボールがコートに落ちる前に男がキャッチした。ドリブルでオーウェンのほうへ向かって来た。「大人になったらきっと背が高くなるよ。背が伸びて大投手になるかもしれないな」

「背が小さいって兄ちゃんがよくからかうんだ。兄ちゃんのほうが高いけど、それは年が上だからだ。それに、姉ちゃんのほうが兄ちゃんより高いよ。姉ちゃんがいちばん年上なんだ」

「でもまあ、お姉さんはダンクシュートを打てないだろう。だけど、きみは打てるよ」

「えーっ。無理だよ。できるわけない」オーウェンは笑い声をあげた。「パパは、大きくなったらダンクシュートも打てるんじゃないかって言ってる。十五になるころには身長が百八十センチを越してるだろうって」

「でも、十五歳まで待てるか？　ほら、こっちへおいで。持ち上げてやる。そうすればダンクシュートを決められるだろう。最高だぞ」

「うーん」オーウェンは履いているテニスシューズの靴紐に目を落とした。この男はいい人そうだけど……「いいよ。普通にシュートを打つだけにしておく」

「なに言ってる。ダンクシュートを一本決めたらどんなに気持ちいいか。十ドル賭けてもいい、きみはできるよ」

オーウェンが目を向けると、男は笑みを浮かべ、両腕を広げて彼を見返し、すぐにゴールリングを見上げた。

オーウェンは本当はシュートを決めたいと思っていた。

「な、一本だけ」男がせっついた。

「うん、わかった」オーウェンは答えた。

オーウェンは人のいい男のそばへ行った。共通点がいくつもある男のところへ。

男はすばやくオーウェンの腋の下をつかんで抱き上げ、ゴールリングの前に持ち上げた。それでもオーウェンの腕は届かない。ボールをゴールリングの縁より高く上げようともがいた。うめき声が漏れた。だが、無駄だった。

次の瞬間、男が一歩後退してゴールリングから離れた。

ボールがオーウェンの手から転がり出てコートに落ち、ペチャッと音を立てた。

「ちょっと！　まだゴールしてないよ」オーウェンは大声で抗議した。「もう一回やらせて」

男はそれを無視した。オーウェンを両腕でしっかり抱えたまま、うしろ向きに歩いてコートの出口へ向かった。

初めは、父親がよくこんな風に抱え上げてくるくるまわしてくれたことを思い出して、オーウェンは笑っていた。だが、あれとはちがう。

男はフェンスを通り抜けて、オーウェンを抱えたままオープンデッキに出た。

危険を感じたオーウェンはもがきだした。「ねえ！　下ろして！」両脚で男の胸を蹴った。「下ろしてってば！」

男はオーウェンをつかんでいる手に力を加え、波の荒い海を見渡した。この夜、星は輝いていなかった。半月の光が波の先端でまたたいているだけだ。

男はひと息にオーウェンを頭上まで持ち上げ、安全手すりの向こう側へ放り投げた。

オーウェンは悲鳴をあげながら落下し、漆黒の大西洋の凍えるほど冷たい海面に叩きつけられた。

15

オペレーションルームのドアを拳でノックする音がした。

リースは、部下たちとの長い警備会議を行ない、さらにクルーズ会社の危機管理室への長い無線連絡を終えたところだった。スタッフには邪魔をするなと伝えてある。

頭がずきずきする。きっと片頭痛がひどくなっているのだろう。モニタの暗い画面に映る自分の顔を見つめた。額の中央に静脈が浮き出ている。

ふたたびノックの音がした。

「入れ!」しかたがないので、リースはいらだちを込めて言った。

入ってきたのはふたり。ひとりは乗客サービスの責任者リアだ。リースの求めに俊敏に応じて全点呼を仕切ってくれた女性スタッフだ。

「申しわけありません、ミスタ・リース。お客さまをお連れしました。ミセス・レベッカ・デイリーです。ご相談があるそうです。息子さんが行方不明だとか」

リースはデスクから立ち、ミセス・デイリーに椅子を勧めた。

ミセス・デイリーは泣いているせいで顔が赤く、目が腫れている。シルクのパジャマ姿だ。リースは壁の時計にちらりと目をやった。

午前二時十六分。

リースはファイルの入っているひきだしに手を伸ばし、未成年者失踪届を引っぱり出した。「こんばんは、レベッカ。私のことはジェイクと呼んでください」リースは穏やかな声で言った。「なにがあったか話してくれますか？」

「息子が見つからないの。夫とわたしで捜したんだけど。お願い、力を貸してもらえないかしら」

「もちろんです。で、息子さんの名前は？」

「オーウェン」

リースは失踪届の項目を埋めていった。年齢、身長、体重、身体的特徴、最後にいたとわかっている場所に関する情報。クルーズ船内ではよく子どもが〝行方不明〟になる。現にリースは、まったくなんの危惧も抱くことなく全航海を終えたのがいつだったか、思い出すことができない。たいていの場合、子どもは勝手にトイレに行ったか、かくれんぼに格好の隠れ場所を見つけたかだ。全長三百メートル以上、高さ九十メートル余りのアトランティア号には、子どもが迷子になる場所がたくさんある。

「ゲームセンターは捜されましたか？　こっそり行きたがるお子さんは多いんですよ。夜どおし開いてますし」

「あちこち捜したわ。お願い。夫は走りまわって必死であの子を捜してるの。二時間前に目が覚めたとき、あの子がベッドにいなくて――」

リースは選択肢を慎重に検討した。こんな早朝に船内放送で全船に子どもの失踪を伝えたりしたら、かなりの数の乗客を起こしてしまうし、動揺させるおそれもある。例の事件の噂が広まっているので、いつも以上に冷静に対処しなければならない。とはいえ、あんな気味の悪いものが船内で見つかったのだから、いつも以上に用心して対処しても害はないはずだ。

「では、こうしましょう、ミセス・デイリー――警備スタッフに指示して全船捜索を行なわせます。そのあいだに私が防犯カメラの映像を確認し、息子さんの行き先をつきとめられるかやってみます。正直言って、息子さんはこっそり部屋を抜け出してほかの子と会っているだけだという可能性が高い。あるいは、こうしてお話ししているいま、ビュッフェでアイスクリームを食べているかもしれませんよ。ご安心ください。われわれが息子さんを見つけ出します」

ミセス・デイリーはティッシュで洟をかみ、うなずいた。

リースはベルトのトランシーバーをはずし、口もとに当てた。「ヘンドリックス、応答せよ、ヘンドリックス」

数秒後、雑音交じりにトレイシーの声が聞こえた。「ヘンドリックスです」

「五三六号室のお子さんが行方不明になっている。名前はオーウェン・デイリー。白人、十歳、身長百四十五センチ。最後に目撃されたのは午後十時、五階。着衣は緑色のTシャツ、短パン」

「了解。捜索に着手。バスケットボールコートで子どもの服を発見しています。オフィスのほうへ持っていきます」

「了解。ではあとで」

ミセス・デイリーがかすかな望みをたたえた目でリースを見上げた。「服？　あの子のTシャツが見つかったってこと？　それっていい知らせ？」彼女は早口になっている。

そうかもしれない。無関係かもしれない。

「その服に見覚えがあるか見てもらって、話はそれからです、レベッカ」リースは安心させるように答えた。「しかし、問題の原因はつきとめました――親のいないコートで深夜のバスケットボール。よくあることですよ」気が気でなさそうな母親にほほ笑みかけた。

実際、かなりひんぱんにあることだ。あれこれ手を打っても、子どもたちはたいてい、なんらかの方法を見つけて真夜中にバスケットボールコートに忍び込む。子どもたちが起こしかねないほかの問題に比べれば、夜中にシュートを打つぐらいはまだましだろう、とリースは思っていた。

座ったまま回転椅子を転がして警備用コンピュータの前へ戻り、分割表示機能を使って各防犯カメラの映像を画面に映し出した。午後十時まで戻して再生し、各階の映像に目を通しはじめた。

なにも映っていない。

五階のカメラに的を絞り、五三六号室が映っている映像をしかと見た。いた。

粒子の粗い映像が、午後十時五十一分にひとりで船室から出ていくオーウェン・デイリーを映し出していた。リースはその映像を拡大し、オーウェンが通路を進んで角を曲がり、エレベーター乗り場へ消えるまでの動きを逐一追いかけた。

年配の乗客の一団が、カクテルを手に笑いながらエレベーターから降りてきて、オーウェンのすぐそばを通った。ひとりぼっちの少年などまるで無視している。

ドアにノックの音がして、リースはモニタ画面から目を上げた。ヘンドリックスが紫色の小さな服を握りしめて入ってきた。

「見せてくれ」リースは片手を伸ばした。ヘンドリックスが手渡した服を、リースは広げてミセス・デイリーに見せた。

紫色のドレスだ。おそらく子ども用Mサイズ。襟に白いデイジーが縫いつけられ、ウエストの左右にポケットがひとつずつ。

「これに見覚えがありますか、ミセス・デイリー？」

「いいえ。息子が女の子のドレスなんて持ってるはずないでしょう？」

「なるほど。息子さんがほかの子たちといっしょにいるのを見かけたことは？」

「ないわ。今日は。一日わたしたちといっしょだった。わたしたち夫婦とあの子の姉と兄と」

リースは彼女の返答について考えた。クルーズ船内の子どもたちは、こそこそ部屋を抜け出し、はらはらしながらキスを交わすものだ。だが、十歳という年齢はその見立てには幼すぎるように思われた。

「申しわけありません」ヘンドリックスが気がかりそうな母親に言った。「リース警備員とうちうちで話をさせてもらえますか」

「うちうちで？　冗談でしょう。息子のことで話があるなら、わたしにも聞かせて！」

ヘンドリックスが指示を求めてリースを見た。

「いいから話せ、トレイシー」

「このドレスはスポーツデッキで見つけたのですが……防犯カメラの一台にかぶせてありました」

「カメラにかぶせてあった？」リースが問いただした。「どういうことだ」

「そうよ」ミセス・デイリーが同意した。「どういう意味？」

ドレスをかぶせられた防犯カメラだと？

リースはあわててコンピュータに向き直った。分割表示の映像に目を通して、六番エレベーターをとらえた映像を見つけた。オーウェンが映っている。ひとりだ。見ていると、オーウェンは十三階でエレベーターを降り、スライド式のガラスドアを通ってオープンデッキへ出ていった。

リースは分割表示の映像を繰り返し見て、ようやくバスケットボールコートをとらえている映像を見つけた。

「ああ！　ほら。あの子はバスケットボールをやりに行ったんだ」モニタをふたりの女性に向けた。

三人が見ていると、オーウェンはフェンスを通り抜けてコートに入っていった。強風のなかでドリブルをし、シュートを放った。ボールはゴールリングの縁に当たって跳ね返った。リースは映像を早送りにした。オーウェンは二分ばかりシュート練習をしていたが、毎回、ゴールをはずしていた。

そのあと……なにも映っていない。画面全体がぼんやりした暗紫色におおわれた。

リースは一瞬、このカメラの映像が終わったのかと思った。だが一応、画面の隅の表示時刻にちらりと目をやった。時刻は進んでいる。

22：57：13。

22：57：14。

22：57：15。

ドレスにちがいない。ヘンドリックスの言ったとおりだ。何者かが意図的にこのカメラにドレスをかぶせたのだ。

リースは、つい目を大きく見開いていた。彼の様子の変化にヘンドリックスが気づいた。

「なにが起きているのかわからない」ミセス・デイリーが言った。「カメラはほかにもあるんじゃないの？」

「少し待ってください」リースは言った。

出港前点検の記憶をたどり、十三階デッキの船尾側には防犯カメラがあと二台あることを思い出した。そのカメラの録画映像を引っぱり出し、表示時刻を操作して映像を巻き戻した。

一台はバスケットボールコートの反対端に向いている。録画映像に目を通した。ゴールリングは揺らぎもしない。オーウェンは画面に入り込むこともなく、立ち去る姿も映っていない。

もう一台はロッククライミング用の壁をとらえている。こっちも同じだ。なにも映っていない。

くそ。

上方のデッキに向いているものがあるかもしれないという万一の期待を込めて、船尾側の各階のほかのカメラ映像も見てみた。ひょっとすると、オーウェンが階段を下りる姿をとらえているかもしれないし。

録画映像を巻き戻したほんの一瞬、リースの目がなにかをとらえた。

あれはいったいなんだ？

映像を数秒巻き戻した。

これだ。

動きが速すぎて、自分の見ているものがなにかよくわからない。

22：59：42。

十二階の右舷のカメラの前を、黒いかたまりが通りすぎた。画面の隅を、あっという間に通過した。暗闇のなかではあるが、たしかになにかをとらえている。

手すりの外へ落下するなにか。

表示時刻を確認し、七階の録画映像に切り替えた。

同じだ。22：59：42に落下している。

リースは順次下の階の映像へと切り替えながら落下物を追った。四階にある乗降タラップの録画映像で止まった。画面に身をのりだし、安全手すりの前を落下していくものに目を凝らした。

あれはなんだ？

なにか小さいものだ。

なにか……宙をかきむしっている。

たちまちリースはデスクから上体を起こし、トランシーバーをつかんでいた。

「なに？　どうしたの？」ミセス・デイリーが大声をあげた。

「ヘンドリックス、この女性《ひと》とここにいてくれ」と指示して、リースはコートに腕を通しながらドアロへ向かった。

「わかりました」

「ねえ、ちょっと！」ミセス・デイリーが抗議の声をあげた。「リース警備員、なにが起きてるの？　どうしたのよ」

リースの膝は昔ほど丈夫ではない。一歩踏みしめるごとに膝関節がうずく。背後から聞こえてくるダンスホールの音楽がしだいに小さくなる。セミソニックの《クロージング・タイム》のかすかな音が船内の各通路に響いている。

リースは最後の螺旋階段を上がった。船橋《ブリッジ》のドアロでアクセスコードを打ち込み、勢いよくドアを開けた。

デフォレスト船長はリースに背を向ける格好で立ち、着色ガラスの外に広がる漆黒の大海原を見つめていた。

「船長――」リースはあえぎながら言った。「いますぐ船を停めてください」

すぐさま船橋のスタッフが振り向いた。

「船外落下です」

16

荒波が救命ボートの側面に打ちつけている。トレイシー・ヘンドリックス率いる捜索救助チームは、四時間近く前にアトランティア号から出て航路を引き返し、子どもが船外落下したと思われるおおよその海域まで戻っていた。

ヘンドリックスは、子どもが見つかる可能性があるなどという幻想を抱いてはいない。

二台のサーチライトの光が冷たい夜気を切り裂く。

波のうねりでボートが上下するたびに海面が異なる顔を見せる。大型クルーズ船のどっしりした安定感とちがって、船酔いを催す揺れかただ。

「シア、水温計を読んで」ヘンドリックスが吹きすさぶ風に負けまいと声を張り上げた。

「十度です」シアが叫び返した。

そんな海水温度なら、一時間足らずで低体温症を引き起こす。

少年が転落してからもう七時間以上……

天候が刻々と悪化し、海面状態も悪くなってきたため、救命ボートは右へ左へと大きく傾いた。一秒でもこんな冷たい海のなかにいることを考えただけで、分厚い救命胴衣をつけているのに、トレイシーは身震いした。

「オーウェン！」彼女は拡声器を使って海のかなたに向かって大声で呼んだ。もう何時間もそうやって叫んでいるせいで声がかすれている。「オーウェン！」

懐中電灯の強い光を向けて、サーチライトでは届かない場所を照らした。何度も繰り返し呼んだ。

応答なし。

海面を漂っているごみのひとつも見えない。

トレイシーは操縦士に、この海域をもうひとまわりするように指示した。午前五時半。クルーズ船で連絡を待ちわびている人たちがいる。

トマス・セントクレア――この救難作業のためにトレイシーがみずから選んだもうひとりの警備員――が船首へ来て、ベンチシートの上、トレイシーの隣に立った。彼が身ぶりで拡声器を指すので、ヘンドリックスは、しばし交代してくれることに感謝しながら手渡した。もう何時間も、こうやってむなしく拡声器をやりとりしている。

「オーウェン！」セントクレアが大声で呼んだ。「オーウェン！　聞こえるか？」

ヘンドリックスはベンチシートにぐったりと座り込んだ。何時間にも及ぶ荒海との戦いと捜索により全身の筋肉が疲弊している。髪をかき上げ、こめかみを強く押した。船首に打ちつける波しぶきで、彼女も捜索救助チームの面々もずっとびしょ濡れの状態だ。海水を浴びつづけているせいで顔の皮膚がこわばり、熱を帯びている。

「オーウェン！」セントクレアがサーチライトを左右に振りながら、また闇に向かって叫んだ。「オーウェン！　聞こえるか？」

ヘンドリックスはボートの側面に立てかけてある救命ブイを見やり、あれを使う理由が生じるようにと懸命に祈った。少年の生存の可能性を考えた。

船外落下から七時間。水温十度の海。五メートル近い波。救命胴衣なし……

ヘンドリックスは可能性の低さに首を振った。それでも、また捜さずにはいられない。

ふたたび立ち上がって力を奮い起こし、夜の闇に向かって叫んだ。

「オーウェン！　オーウェン、聞こえる？　オーウェン！」

生存のなんらかの気配がするかと耳をすまして待った。遠くで助けを呼ぶ声が。

やはり応答なし。

トレイシーはいらだって拳を振り下ろした。

セントクレアが拡声器を下ろし、彼女の肩に手を置いた。「あの子は死んでるよ、トレイシー。生きてる可能性がないことはきみだって……」

そう、わかっている。

全員がわかっている。

ただ、少年を助けるために可能なかぎりの方法を試すまで、それを認めることができないだけだ。気の毒な少年の両親のために、せめてそれぐらいはしてあげなければ気がすまない。

六メートル近い波が救命ボートの側面を襲った。うなりをあげる風が船室を吹き抜ける。トレイシーは、人影も生気もない海を最後にもう一瞥してからうなずいた。

「シア、ボートをアトランティア号に戻して。捜索は終了よ」

リースは四階デッキ——救命ボートとの通信ができるポイントのなかでいちばん低い階——の手すりに寄りかかって立っていた。アトランティア号の船体の側面をのぞき込むようにして、打ちつける激しい波を見下ろした。

捜索救助チームが救命ボートで出発したあと、彼はここに陣取って、ボートが電波の届く距離まで戻ってきたらすぐに報告を受けられるようにトランシーバーを胸もとに抱えて待っている。彼らが少年を見つけてくれるようにと祈っていた。過酷な海に放り出されて孤独に死ぬなんてむごすぎる。

水平線に明滅する光が見えた。おそらく、ここから三キロほどの距離。この船へ戻ってくる救命ボートだ。

リースは発信ボタンを押し、最善の結果を祈った。「リースからヘンドリックスへ。応答せよ、ヘンドリックス。聞こえるか？」

トランシーバーが雑音を立てた。

「ヘンドリックス？　成果はあったか？」

長い距離をへだてた先で応答する声がどうにか聞こえた。

「成果――なし」雑音がしだいに小さくなり、ヘンドリックスの声が明瞭になった。「成果なしです、ジェイク」

リースはうなだれて、深々と息を吸い込んだ。こんなことはだれだって耐えられない。いったいなぜこんなことが？

生存の可能性がきわめて薄いことは承知していたが、わずかな望みにしがみついていた。

少年は死んだ。

リースは、凶報を伝えるというつらい役目を果たすべく、十階へ戻った。

オペレーションルームのドアを開けた。

デフォレスト船長がこの数時間、テーブルの隅の席に座り、両親を慰めていた。帽子は脱いでテーブルに置いている。無味乾燥なこの部屋では、帽子の金の縁飾りの華やかさが場ちがいに見える。とくにいま、この瞬間は。

スタッフ全員が頭をめぐらせて、室内に入ってドアを閉めるリースを見た。オーウェンの両親は期待と不安の入り交じった目でリースを見つめている。

リースはゆっくりと息を吸ってから言った。「ミスタ・デイリー、ミセス・デイリー、たいへんお気の毒ですが――」

最後まで言う間もなくミセス・デイリーが倒れ込むように夫にもたれかかって激しい嗚咽を漏らした。ミスタ・デイリーは下唇を震わせながらも妻の背中をなでてやった。

リースは部屋の隅に新しい顔をふたつ見つけた。オーウェンの姉と兄だ。医療チームの専門家がふたりのためにオペレーションルームへ来ていた。十代のふたりは明らかにショック状態で、ぼんやりと前方を見つめている。うつろな顔。感情も表われていない。今夜の訃報が頭に届くまで何年もかかりそうだ。

デフォレスト船長がリースの肩を叩いた。

「事故であろうがなかろうが」船長が低い声をひそめて言った。「いったいなにが起きているのかつきとめてもらいたい」

17

スティーヴはライオンのうなり声のようないびきをかいている。ちくちくする掛け布団を体に巻きつけて、この世に思いわずらうことなどなにひとつないとばかりに熟睡している。

マリアはベッドの端に腰掛けて両手で頭を抱え、婚約者をいとも簡単に眠りへといざなった心の平安を自分も見出そうと懸命に努めていた。寝返りを繰り返す合間に、疲れのせいでうとうとすることはできた。だが午前二時にエンジンが切れて船が停まると、はい、そこまで。そのあとはまんじりともせず、停船が意味するのはなんだろうかということばかり考えている。

眠るふりをしても無駄だ。ベッドに寝転んだところで、神経を鎮めることはできない。

サイドテーブルに置いた安物の目覚まし時計に浮かびあがる鮮やかな赤い数字が大きくなっていく。

午前六時。もうすぐ日が昇る。

マリアは、この旅行を予約したときのことを思い返した。ベッドルームを見まわした。これで子どもたちと離れてスティーヴと甘い時間を過ごすことができると、わくわくしたんだった。そんな考えがいまは浅ましく思える。でもあのときは、それ以上のことを考えるはずがなかった。

こっそりベッドルームを出て、クロエを起こさないように——ゆうべソファで眠ってしまったので、スティーヴがそっと布団をかけてやったのだ——ゆっくりドアを閉めた。

小さいほうのベッドルームのドアを細く開けて、ツインサイズのベッドで眠っているクリストファーをのぞき見た。もう子どもじゃないから必要ないと本人は言い張るけれど、マリアがいつもつけておいてやる常夜灯の青い光に包まれている。

子どもたちが平穏無事だと確認すると、マリアはゆったりしたスウェットシャツとバミューダパンツに手早く着替えて船室を出た。

早起きの乗客が何人か出てきていた。老人たちに会釈すると、早起きした若い女に感心しているかのように笑みを返してくれた。

考えごとをする場所が必要なだけよ。

ひとりになれる場所が。

船の中央部にあるエレベーター乗り場へ向かった。ドアの横に貼ってある船内配置図に、各階にどんな施設があるか記されている。マリアは人気《ひとけ》のなさそうな場所を探した。すぐに見つけた。

礼拝堂。

折りたたんだスケジュール表をポケットから引っぱり出した。次の礼拝の開始時刻は午前十時だ。

完璧だわ。

礼拝堂は六階、映画シアターの裏に張りつくように建てられていた。礼拝堂というよりは改装した会議室といった感じだ。壁にはひだを寄せた淡い色のビロードのカーテンが張りめぐらせてある。椅子は二列しかなく、アップグレードしてもらった乗客たちが使っている豪華な船室よりも狭い。

宗教上の公平性を保つというこの船の方針に従い、室内にキリスト教の聖画像はひとつもない。さらに言えば、どの宗教の聖画像もない。祭壇の代わりに、花を生けた壺を載せた装飾柱がふたつ、青い大きな抽象画を挟んで置かれていた。

ドアを開けたマリアは、そこでぴたりと足を止めた。

だれかいる。

前列の椅子のひとつに、背中を丸めた女がひとり。声を殺した嗚咽が一定のリズムを刻んでいる。背中が上下している。

まるで室内の空気はすでに吸い尽くしてしまったかのようだ。

ただでさえ深い苦しみを抱えている女を驚かせたくなくて、マリアはゆっくりと踵を返して出ていこうとした。だが、ドアの蝶番がきしみ、存在に気づかれた。女がさっと振り向いた。

「ごめんなさい。邪魔をするつもりはなかったの」マリアは肩越しに言った。そのまま出ていこうとした。

「待って……いいのよ」女がつかえながら言った。「気にしないで。どうぞ。入って」袖口で涙をぬぐい、髪のもつれを整えた。

マリアはやはり立ち去ろうと考えていた。いまは、ご主人が働いたのであろう不貞行為についてこの女から聞かされるのはごめんだった。

「さあ、どうぞ」女は鋭く息を吸い込む合間に言った。「ごめんなさい……実は……息子のことで」

マリアは向き直ってなかに入り、ドアを閉めた。すべるような動きで女の隣の席に座った。背中にそっと手を当ててやった。

女は堰を切ったように泣きだした。

「わたしはマリアといいます」いたわるように話しかけた。「どうぞ、息子さんのことを聞かせて」

マリアは、喪失の悲嘆を癒すためのグリーフ・カウンセラーとして、これまで数え切れないほどたくさんの人たちの話を聞き、支えてきた。ただし、それはつねに、オフィスという落ち着いた場所で、何年も知っている相談者に対してだ。〝悲しみの五段階〟という決まりきった手法を支持しているわけではないが、この女性《ひと》の心痛はまだなまなましい。まだ吐露しはじめたばかりだろう。

「彼らは……わたしたちは……あの子を見つけられなくて」

「見つけられない？　息子さんは行方不明だってこと？　この船のなかで？」

女はマリアの肩に顔をうずめ、先ほどよりも静かに泣きだした。

「海に落ちたんだと考えられてて……でも、事情はわからない。なにもわからない。風にあおられたのかもしれないし、ひょっとすると……わからないの」

なんてこと。

マリアはごくりと唾を飲み込んだ。この女性の悲嘆の深さは計り知れない。親にとっては、これ以上ない悪夢だ。

女が悲しみをたたえた目でマリアを見上げた。

前にどこかで見た表情。どこで見たのかは思い出せない。

「そんな」マリアは言った。「本当にお気の毒に……」

「あの子はスポーツが好きで……わたしたちが迂闊だった……あの子は一日じゅう、バスケットボールコートへ行きたいってせがんでた。行かせてやればよかった。そうしていれば……あの子はまだ……」

マリアは、声がかすれて最後まで言えない女の背中をさすってやった。

「バスケットボールコートで見つかったのはドレス……紫色のドレスだけ……でもオーウェンは……あの子は死んでしまった」

みずから口にした、息子の死を認める言葉に、女はわっと泣きだした。

女の背中を抱いているマリアの手に思わず力が入った。「ドレスが見つかった？」とたずねた。「ごめんなさい。いま、ドレスが見つかったって言った？　どういう意味？」

女がうなずいた。「えっと……女の子のドレスよ。バスケットボールコートで見つかったのはそれだけ」

「そのドレスに見覚えは？」

「ないわ。どうして？」

マリアの心臓がどきどきしはじめた。この場を去るべく、さっと立ち上がった。「申しわけないけど、もう行かなければ」

女はふたたび両手に顔をうずめて、さめざめと泣きだした。

礼拝堂から走り出ながら、あの女と同じ表情を前にどこで見たのかを思い出していた。

一年前だ。

ワイアット・バトラー裁判の法廷で、子どもを殺された親たちの目だ。

あいつだ。

この船にバトラーがいる。

18

「スティーヴ、起きて」マリアは、思ったよりも強い力で婚約者を揺すっていた。「あいつがいるの、スティーヴ。この船に乗ってるのよ」

スティーヴは不満げにうなってあおむけになった。ベッドサイドテーブルのランプに手を伸ばして明かりをつけた。

マリアは、ベッドの上方に吊るされている波形の鏡に映った自分の顔をちらりと見た。目の下に濃いくまができている。Tシャツは皺くちゃだ。昨日の午後の輝くばかりの色つやはとうに消え失せていた。突如として、顔の皺がいっそう目立って見えた。

「はあ?」スティーヴが朦朧とした様子で答えた。「だれがこの船に乗ってるって?」

「バトラーよ!」

「しーっ」スティーヴは子どもたちの寝ているほうを身ぶりで指し示した。

子どもたちにその名前をできるかぎり聞かせないように彼が必死に努めていることはマ

リアも知っていた。その努力に感謝もしている。彼は掛け布団を蹴りのけて目覚まし時計を見た。

「なあ、まだ朝の六時だぞ。ゆうべ、少しは眠ったのか？」

「ちゃんと話を聞いて。バトラーがこの船に乗ってるの！」

「いったいなんの話だ？」

「あの男がいま現在この船に乗っていて、人が次々に亡くなってるのよ、スティーヴ」

「ちがうよ、マリア。あの男はいない。あんな噂を耳にしたせいで妄想反応を起こして——」

「現実の話よ」マリアは昂然と言い返した。「信じて。現実に起きていることなの」

スティーヴは深呼吸をひとつして、まだ眠そうな目を両の手のひらでこすった。「やつの姿を見たのか？」

「見てないけど——」

「だったらなぜ、彼がこの船に乗ってるとわかる？」

マリアは髪をかきむしりたい気持ちだった。スティーヴの目を見つめた。

あの目だ。信じられないという気持ちを浮かべた目。

「いま礼拝堂へ行ってきたの。女性がいたわ。息子さんがゆうべ、ひとりでバスケットボールをしていたんだって。船外に転落したんだろうと見られてる。だから、この船が何時間も停まってるの。バスケットボールコートに残されてたのはドレスだけだった。女の子のドレスよ」

「なるほど……それで？」

「それで？　それでってどういう意味？」マリアは聞き返した。「ねえ、スティーヴ、あの事件にはわたし以上に関心を持ってるじゃない。そのあなたなら、これがバトラーのやり口そのものだってわかるでしょう。あの男の予告状。頭部を切断して首の腱をリボンみたいに結ぶとか。犯罪現場に別の子どもの服を残していくとか。次の犠牲者を予告しているのよ」

「ちょっと待った。犯罪現場って、なんの犯罪？　仮にその母親が本当のことを話しているとして――」

「本当のことよ、スティーヴ。わたしにはわかる」

心理学者のマリアは、長年のあいだに、相談者が嘘を言えば見破ることのできる鋭い感覚を身につけていた。礼拝堂の女は嘘などついていなかった。

「いいだろう。その女が本当のことを言っていて、息子さんがこの船から転落したと仮定しよう。おれにはいたましい事故のように聞こえるけどなあ。ドレスについては、衣類の遺失物なんてすでに数え切れないほどあるだろう。昨日の午後、プールデッキのごみ箱の横を通ったんだ。洋服やら靴やら、いろんなものが放り込まれてた。ひょっとすると、行方不明の子どももいたかもしれないな。この船で犯罪なんて起きてないよ」

マリアは、彼に握られていた手を引き抜いた。「わたしにはちゃんとわかるの」

「でも、証拠はないだろう。噂話だけだ」

「自分にわからないからって、わたしがまちがってるということにはならないでしょう」

「マリア。もうやめろ。本気で言ってるんだ。いつまでもそんなことばかりやってられないだろう。きみは、小さな事実や噂話までつなぎ合わせてその理屈を練り上げている。まったく筋が通らない。あの男がどうしてこの船に乗る？　たんなる偶然か？　こんなことは言いたくないけど、正直、きみの話は完全に——」

「やめて」マリアは、非難の言葉が彼の口から出る前に遮った。

スティーヴはうつむいて低い声で言った。「いいかい。その少年が本当に海に落ちたんだとしても——乗客が海に転落するなんてよくあることだ。ここだけの話、クルーズ会社はその手の事故をひた隠しにするからね。でも、転落事故は起きている。それを考えてみてくれ」

「代わりに、こう考えてみて。この船の乗客のひとりが頭部を切断されて発見された。次に子どもが海に転落。このふたつのできごとが無関係だと考えるのは……それこそどうかしてるわ」

　スティーヴは首を振った。「なあ、少し休んだほうがいい。たっぷり睡眠を取れば気分もうんと明るくなるさ。この話は、きみが何時間か眠ったあとで改めて聞くと約束する」

　彼はわたしの話を信じていない。

　これまで、ふたりの関係は完璧にうまくいっていた。マリアは目の端に涙が込み上げるのがわかった。睡眠不足のせいかもしれない。スティーヴの言うとおりなのかも。自分がめちゃくちゃなことを言っているのかもしれない。

　ちがう。そうじゃない。偶然の一致のはずがない。

「わたしの言うとおりなら、人がまた死ぬことになる」マリアは断言した。「わたしの言うとおりなら、わたしたちの身も危険かもしれないのよ、スティーヴ。クリストファーとクロエが危険にさらされているのかもしれない」

　スティーヴはため息をつき、ベッドにあおむけになった。「この話はもう終わりにできないか？　きみがこの旅行で聖戦を演じるつもりなら、おれは協力できない」

「いいわ。それなら、つねにあの子たちのそばにいて、かたときも目を離さないことね」

　マリアはぴしりと言い放った。窓辺へ行き、カーテンをさっと引き開けた。朝日の放つピンク色とオレンジ色の光の筋が室内に差し込んだ。

「あなたが手を貸してくれないなら、わたしひとりであの男を止めてみせる」

19

リースはロックに鍵を差し込んでドアを施錠した。階下の自分の船室へ戻り、待ち望んでいた体と心の休息を得るためだ。

まもなく午前八時、船はまた動きだそうとしていた。そもそも、乗客の大半は船が停まっていたことにすら気づかないだろう。船内では朝の活動が始まっている。メープルシロップやスクランブルエッグのにおいが、ビュッフェから通路に漂っていた。この船のイベントコーディネーターの何人かが、巨大ボウリング大会の準備のために等身大のゴム製のピンに空気を入れている。シャッフルボードのディスクのぶつかる音が遠くまで聞こえそうだ。

ヘンドリックスがトランシーバーで連絡をよこした。彼女は救命ボートから戻ったあと仮眠を取っていた。あと数分でオフィスに入り、リースが睡眠を取るあいだ業務を引き継いでくれる。

オフィスは十階、船室は七階なので、リースはベッドに倒れ込む前に最後にもう一度、確認しておきたかった。

八一七号室。

八階のあの区域全域が完全に無人の状態だ。乗客サービスのスタッフが、あの区域の乗客を空いていた別の船室へすみやかに移動させてくれたからだ。切断された頭部は氷詰めにして、船の深部にある遺体安置室へ運ばれた。リースは、船内医療チームによる最終報告をひたすら待っていた。船がサウサンプトンに到着して正規の分析を行なえるようになるまでは、それでよしとせざるをえない。この船の鑑識能力はかぎられている。

昨夜の行動を思い返した。八階の防犯カメラ映像を入念に見た。乗組員たちが乗り込んだ瞬間から、パム・メイヤーと保守点検係の女が頭部を発見するまでを。なにも映ってなかった。八一七号室に出入りした人間はひとりもいない。どうやって防犯カメラに映ることなく部屋に入り、切断したばかりの頭部を置いてきたのか、驚くばかりだ。

防犯カメラ映像を消去したのか？

ヘンドリックスとおれ以外に、防犯カメラ映像を見ることができ、しかも消去する方法を知っているのはだれだろう？

リースはそんなことを考えながらオフィスをあとにした。

朝番の警備員ふたりが立入禁止区域のシフトについたところだった。リースはふたりに小さくうなずいて階段を下りかけた。だが、ふたりの前の人物に目を引かれた。

水色のパーカを着た背の低い女がしきりになにか話している。目にあやしい光を宿らせている。

話の内容を聞こうと近づきかけた瞬間、警備員の一方が通路の先で手招きした。

「そこにいる人です」その警備員がリースを指差した。女の話から逃れようとしているのが見え見えだ。

くそ。これでもう知らん顔はできない。

女が、通路に積み上げられたルームサービスのトレーの山を倒しそうになりながら小走りに近づいてきた。片手を差し出して握手を求めた。リースはやむなく握手に応じた。

「ああ、どうも。九二五号室のマリア・フォンタナです。いますぐお話しできますか？　きわめて重要な話です」

「緊急の用件なんですか、ミズ・フォンタナ？」リースは応じ、そうではないという返事を期待した。

「ええ、そうです」

「緊急の用件なら、いまここで話してもらえますか？」

「だれにも聞かれない場所でお話ししたいんです。時間は取らせないと約束します」

睡眠不足のせいで頭がぼうっとしていても、訓練で学んだ対応をたちまち思い出していた。家庭内暴力の訴えだろうと思い、リースは女に身を寄せて小声で告げた。

「ミズ・フォンタナ、乗客のだれかから暴力を受けているんですか？　それなら、あなたのお力に――」

「いえ、わたしならなんの問題もありません。あなたがお聞きになりたいであろう情報を持ってるだけです」

リースは階段を振り向いた。船室――ベッド――はすぐ下の階だ。ため息を漏らし、上へ向かう階段に向き直った。

「こちらへどうぞ、ミズ・フォンタナ」


リースはオフィスの錠を開けてなかに入り、マリアに椅子を勧めた。

「なにかの邪魔をしたのなら、申しわけありません、リース警備員」マリアは言った。

「ああ、ジェイクで結構。それに、自室へ戻って休もうとしていただけでね」

「眠れぬ夜を過ごしたのね」

「まあ、おわかりだろうが、忙しかったもので。数千人の安全を守るのはきつい仕事でね」

「でも、わたしたちは安全ではない。そうでしょう？」マリアは突っかかった。

リースは座ったまま背筋を伸ばした。「なんだって？」

「ああ、失礼。わたしもゆうべは眠れなくて。まずはわたし自身のことを説明させてください」マリアは深呼吸をして居住まいを正し、話を続けた。「ワイアット・バトラーの名前は知ってるでしょう？　一年前の連続殺人事件のことを？」

リースは一瞬考えた。「ワイアット・バトラー？　おれの記憶が正しければ、児童殺人でニューヨークで起訴された男だ。たしか、無罪釈放になったのでは？」

「そうよ。頭がどうかしていると思われるのを承知で言うけど、バトラーがこの船に乗っているかもしれない」

リースは片眉を吊り上げた。「ワイアット・バトラーが？」

「本人じゃなければ、模倣犯かもしれないけど。バトラーの手口を使っている人間よ」

なんとまあ。今度は犯罪マニアがオフィスへ押しかけてきた。

リースは長く深いため息を漏らした。「ちょっと待った。話を少し戻そう。バトラーがこの船に乗っていると考える理由は？」

「行方不明になった子どもの件にあの男が関与しているかもしれない。バスケットボールコートからいなくなった子どもの件に」

「行方不明になった子ども？」

「そう」マリアは答えた。「今朝、その子のお母さんと礼拝堂で会ったの。少し話をした。ご家族もお気の毒に」

リースは首を振った。「ミズ・フォンタナ、申しわけないが——」

「現場で女の子のドレスを見つけたそうね」彼の言葉を遮ってマリアが言った。「それを聞いて、あの男にちがいないと思った。偶然にしてはできすぎだから。それに八階で発見された切断頭部。首の腱をリボンのように結んであったとか？」

「どこでそんな話を？」

「それはどうだっていい」

デスク越しにふたりの視線が絡み合った。リースは彼女の気迫に感心した。それに、極秘情報にどこまでも近づけるらしいことにも。

「わたしが言いたいのは」彼女が言い足した。「そういう手口で人を殺す習性を持つ人間がひとりだけいるということ。ワイアット・バトラーよ」

リースはしばし彼女を見つめ、なんらかの動機あるいは策略が隠れているのではないかと、その表情を探った。

この女は真剣に言っている。

つまり、この女は犯罪マニアか常軌を逸しているかのどちらかだ。

「問題がふたつある、ミズ・フォンタナ。まず、バトラーには無罪評決が下された。だから、彼がこの船に乗っているとしても、それはそれでしかたない。次に、バトラーが血管だかなんだかを蝶結びにしたとか、いまあんたが言ったようなことをやりたがるという話は聞いたことがない」

リースは注意を払い、この女が船内で聞いた話を事実だと認めないようにして言った。そもそも、なぜそんな噂が外に漏れたのかがわからない。それに、その手の噂が広まる速さときたら、とても信じられない。

「そう、そういう詳細を耳にしたはずがない」マリアが答えた。「そういった情報はマスコミには伏せていたから。でも、法廷で見せられた犯罪現場写真ははるかになまなましく、まったく同じ――」

「ちょっと待った」リースが話を遮った。「法廷で？　あんたがなぜ法廷に？」

「リース警備員、わたしは陪審団の一員だったの」

「嘘だろう」これで、この女は頭がおかしいとはっきりした。

「まあ、途方もない話に聞こえるのは承知してるわ。でも、お願い。とにかく、乗客名簿であの男の名前を当たってみて。きっとあなたにはその権限が――」

「あんたの目の前でそれができないことはおわかりだろう、ミズ・フォンタナ。乗客のプライバシーの侵害になるので」

「じゃあ、わたしがここを出たあとで当たってみて。せめて、ひとり旅をしている男性客を探して。まずまちがいなく身元を偽っているでしょうから」

リースは額の汗をぬぐった。この女の醸し出す不安がリースの心に浸透しはじめていた。椅子の背にもたれかかって状況を飲み込もうとした。

「あの男。バトラーは」マリアが椅子のなかで身をのりだした。「強迫神経症なの。エゴに衝き動かされている。凶暴。まずまちがいなく、反社会的パーソナリティ障害を抱えている。他者への共感が完全に欠如していることが如実に現われている。結果として、反社会性のいわゆるカクテル状態。おそろしい相乗効果よ」

リースは驚いて目を丸くした。彼女の口調が、ことさら異常な事件の裁判で証言のためにマイアミ警察犯罪捜査課が引っぱり出した何人もの行動心理学の専門家たちを思い出させたからだ。あの専門家どもはその分野を知りつくしていたが、マリアがあの連中よりもすぐれていることは一瞬にしてわかった。

「どう？」マリアがたずねた。

「あんたは法執行機関に携わっていたのか？　プロファイラーかなにか？」

「ちがうわ。コロンビア大学の心理学科長よ。それに、あの事件についてはこの世のだれよりもよく知っているかもしれない」

学者か。

「ミズ・フォンタナ、あんたはバトラー裁判をじかに目撃したかもしれない。だが、おれはバトラー裁判とは無関係だ。彼がこの船に乗っているという確かな証拠は？」

「まだないわ」マリアが認めた。「でも……切断頭部。行方不明の子ども。ドレス。どれも、あの男の手口と完全に一致する。あの男の強迫衝動は抑えられない」

「彼を深く診断したようだな。あんたの相談者だったのか？」リースはたずねた。

「法廷で何週間も観察したのよ。わたしの見立ては当たっているとはっきり断言できる。臨床的には正確でないとしても」

なるほど。この女は自分の能力にかなりの自信を持っている。

「わたしはこの仕事を長くやっているのよ、ジェイク」マリアがきっぱりと言った。

「こっちもだ、コロンビア。だが、いいだろう。あんたに協力する。あんたの言い分が正しいと仮定しよう。そもそも、やつがいったいなぜこの船に乗ろうとする？」

「わたしが家族と乗船することを知っていたにちがいない。わたしに推測できるのはそれぐらいよ」

リースは、信じられない気持ちが顔に出そうになるのを隠さなければならなかった。

マリアが続けた。「あの裁判では、わたしが彼の命運を握っていた。いま彼は、形勢が逆転したと感じている。この船に乗ったのはわたしを愚弄するためかもしれない。断定はできないけど」

「あんたがこの船に乗ることを、彼がどうやって知りえる？」

「それは……」マリアが彼をひたと見つめていた目を一瞬だけそらした。「よくわからない。でも、探り出す方法は容易に想像できる。わたしたち、ずいぶん前にこの旅の予約をしたから」

「いいか、ミズ・フォンタナ。あんたの話に納得いかない理由はこうだ。バトラーの容疑は児童殺害だった。だが、殺害されたのは成人男性だ。それだけではなく、子どもの船外落下が事故ではないという証拠はなにもない。あんたの話は、主観的な証拠を自分が入念に組み立てた理屈に無理やり合わせている典型的な例だと思う」

「じゃあ、ドレスのことは？　バトラーはある種のメッセージとして、盗んだ子どもの服を犯罪現場に置いていった。次の犠牲者を示す予告状として」

「ミズ・フォンタナ、この船に衣類の遺失物がどれぐらいあるか知ってるか？」

リースは疲れた目をこすり、窓の向こう、波のかなたできらめいている陽光を見やった。

「とにかく、われわれが抱えているのは、一件の事件と一件の事故だ。その二件に関連があることを示すものはなにもない。それに、事件が特異なものであるとしても、この船の秩序を保つのがおれの仕事だ。あんたがどんな経歴を歩んできたにせよ、それはいまのおれの関心事ではない」

「お願い。わたしの話を信じて。とにかく調べてみて。わたしの考えが正しければ、この船に乗っている全員が危険かもしれない。それに、あなたの抱えている問題は悪化するだけよ」

「おれが調べたら、ほかの乗客には口外しないと約束してくれるか？ いまは、噂がこれ以上広まるのだけはごめんなんでね」

マリアはその侮辱的な言葉に歯噛みしたものの、ものわかりのいい目で彼を見上げた。

「約束する」

ふたりは立ち上がり、握手を交わした。マリアはぐっとうなずき、くるりと向きを変えて部屋を出た。

ようやくひとりになったリースは、逃れたくてうずうずしていたオフィスを見まわした。

また腰を下ろし、デスクに置いてあるマニラ紙のフォルダーを開いた。八階の犯罪現場の写真を引っぱり出した。

切断された頭部。つけ根のあたりで頸部の腱が蝶結びにされている。

マリアの言ったことについて考えた。

コロンビア大学心理学科長……まあ、完全に頭がおかしいはずがない。

ファイルを探って証拠品を収めたビニール袋を取り出した。ヘンドリックスがタイプライターから回収した紙に打ち込まれた文章は明々白々だ。

〝司法制度に止められないなら、だれがあの男を止める？〟

この文章がリースの頭のなかで渦巻いている。

〝あの男〟とは本当にバトラーを指しているのだろうか？　あるいは、バトラーを模倣しているだれかを。

椅子を回転させてデスクトップ型コンピュータに向き直った。このような事態にそなえて、オフィスのどこでもインターネット回線に接続できるようになっている。グーグルを開いて、紙片に記された謎めいた文章を検索バーに打ち込み、最後に〝ワイアット・バトラー〟とつけ加えた。

たちまち、何万件もの検索結果が画面に表示された。

あった。

いちばん上に表示されているのは、『ワイアット・バトラー――究極の真実』ジェレミー・フィンチ著というタイトルのついた書店のサイトだった。

リースはそのURLをクリックした。事件について書かれた暴露本の購入サイトだ。コントロールキーとFキーを押して、そのサイトで問題の文章を検索した。無料で読める抜粋のなかにあった。

黄色で強調された文章は、本の紹介文の最後の一行だった。

ページをスクロールした。

なんてこった。

リースは椅子から転がり落ちるところだった。

サイトページのほぼいちばん下に、輝く色彩のなかで座っている得意げな著者の写真と、太字の名前。

ジェレミー・フィンチ。

だがリースはその男がだれかすぐにわかった。いまは、切断された頭部が船の遺体安置所に置かれている男だ。

20

　クロエとクリストファーはソファに前かがみに座って、気のない様子でチェッカー盤に駒を打ち合っている。船室のリビングルームが窮屈に感じられてきた。

　スティーヴはふたりのそばの肘掛け椅子に座って、アクティビティのスケジュール表を大儀そうに繰っていた。バトラーがどうのという妄想からマリアの気をまぎらせるものがあるかもしれないと探しているのだ。

　ビンゴ……だめ。

　ズンバエクササイズ……だめ。

　ビアポン大会……絶対にだめ。

　船旅は残り六日。マリアが抱えているあの裁判の悪夢のような記憶のせいで、ずっと家族の楽しみが台なしにされてきた。いまもまたそうなりかけている。

　船室のドアが勢いよく開いた。スティーヴはびくりとした。子どもたちがはっとドアのほうを振り向いた。マリアがいかにもうろたえた様子で足早に入ってきた。

「お母さん！」クロエが言った。

「あー！　朝食を持ってこなかったの？」クリストファーが愚痴をこぼした。

マリアはかがんでふたりの額に軽くキスをした。「ごめんね。食べものはすぐに取ってくるって約束する」

彼女はそそくさと、ツインベッドの置かれた小さいほうのベッドルームに入った。スティーヴがついてきてドアを閉めた。

「マリア。どこへ行ってた？」

マリアは答えなかった。無言のまま、荷ほどきして双子の衣類を収めたたんすを開けて、たたんだ衣類をあさりだした。

「マリア？　マリア？」スティーヴが呼びかけた。

マリアは顔を上げて目の端で彼を見た。「この船の警備責任者に会ってきた。洗いざらい話してきた。バトラーのこと、犯罪現場のこと、ドレスのこと。なにもかも。彼が調べてくれるけど、わたしの話をどこまで信じてくれてるのかはまだわからない」

「ちょっと待て。落ち着け、落ち着け」スティーヴは応じた。「深呼吸をするんだ」

「時間がないの」マリアはたんすに向き直って真ん中のひきだしを開けた。

「マリア」スティーヴがなだめるような口調で言った。「手伝うよ。なにを探してるんだ？」

「クロエの服を調べようと思って」

「なぜ？」

「あの子の服がそろってることを確認するの」

「やれやれ」スティーヴは首を振った。「わかった。さあ、手伝うよ。いっしょに確認しよう」

ふたりは子どもたちのために荷造りした衣類を一枚ずつ確認した。シャツが十二組、短パンが八組、靴下が二十四足、水着が十着、クロエのドレスが四着。すべてそろっている。

「よかった」マリアが言った。

「ほら。わかっただろう？　万事問題ない」

マリアが彼に向き直った。「またちょっと出てくる。子どもたちから一秒たりとも目を離さないでね」

「待ってくれ。ちょっと待て。マリア、話し合おう」

「急ぐの。あいつが見つからなければ戻ってくる。それから子どもたちと朝食を取ればいいわ」

「あいつってだれ？」スティーヴは驚いてたずねた。「バトラーを探しに行くつもりか？まさか――」

「バトラーかその模倣犯がこの船に乗ってる。警備の連中は自分たちがなにを探せばいいのかもわかってない。わたしはわかる」

「マリア、本気で言ってるのか？　頭がどうかしちまったのか？」

「約束する。船をひとまわりしたらすぐに戻るから」マリアはリビングルームへ出ていった。スティーヴは遅れまいとあわててついていった。

「ねえ、よく聞いて、ふたりとも」マリアが子どもたちに言った。「スティーヴとここにいてほしいの。わかった？　ちょっとゲームをしたらシャワーを浴びなさい。そのころにはお母さんも戻るから」

クロエがあきれたような顔をした。「いいわよ、お母さん。了解」

「お母さんの目を見て」マリアが命令した。「スティーヴのそばを離れないと約束して」

「わかった！　離れないよ」クリストファーが言った。

「戻ったときにはちゃんと無事にここにいてね」

スティーヴに抗議のすきを与えず、マリアはサンダルを履き、部屋を出てドアを閉めていた。

スティーヴはしばしそこに立ったまま、ドアののぞき穴の下に貼られた緊急避難経路図をぼんやりと見つめていた。婚約者の頭がおかしくなったのに、自分にはそれを止めるためにできることがなにもないらしい。双子はすでにチェッカーゲームに戻っていた。

スティーヴはあきらめたようなため息を漏らした。また始まる。妄想症状、不安。裁判のあとの数ヵ月、ふたりの関係を損ねたのと同じことが。

長らくマリアは世捨て人も同然で、人前に出ていくのを尻込みしていた。スティーヴがどうにか説得して家から連れ出すたびに、妄想症の典型的な症状を示した。みんながずっと自分を見ているとか、一家のあとを尾けてくる、と感じるのだ。

何ヵ月もかけてようやく、この船旅に出る気にさせた。

休暇旅行に出るのはまだ早すぎたのかもしれない……

なにか手を打たなければ。

彼女はまたしても悪循環に陥ってしまう。

スティーヴはコーヒーテーブルから薄汚れたリモコンを取って小型のテレビをつけた。

画面が明滅して、初期設定の《クルージングのご案内》が流れてきた。

ボタンを押すうち、ディズニー・チャンネルを見つけた。室内を満たした《ディセンダント》の音楽が、すぐさま子どもたちの注意を引いた。子どもたちはチェッカーの駒を置いてテレビを見た。

「大好きな番組だ！」クロエが興奮して叫んだ。

双子はたちまち画面に見入った。

これで、この子たちはテレビに釘づけになるはずだ。

スティーヴはゆっくりと後退してベッドルームに入った。向き直って、抜け出すべく船室のドアを見つめた。


マリアは混んでいるビュッフェの列のあいだを縫って進みながら、いちいち振り返って顔を確認していた。バトラーがこの船に乗っているとしても、顔を見て彼だとわかるだろうか。だいいち、今回の犯行が模倣犯によるものだとしたら？　その場合はどうする？

とにかく、会う人すべてが異質な存在に思えた。なぜか遠い存在のように。作りもののように。

アルミ製のバイキングトレーに盛られた朝食用ソーセージのにおいに吐き気を覚えたが、できるだけ多くの人の顔をじっくり見ると決めていた。タイミングが完璧だった。この船のほぼ全員が、自分の皿にベルギーワッフルやらベーコンやらを積み上げている。

列に並んでいる人たちの顔を確認し終えると、すでに食堂に座っている人たちの確認に移った。

何百もの家族、何百ものテーブル。バトラーは独りで行動するので、まず除外してかまわないだろう。獲物を狙うハゲワシのように、各テーブルをまわった。全員に疑いの目を向けて、どんな些細なものでも不審を抱くような点や妙な行動を探した。

いた！

ジュースバーの近くのテーブルに男がひとりで座っている。遠目にはバトラーのように見える。四十代半ば。痩せ型。黒っぽいサングラス。マリアは柱のかげに隠れて、男がとろりとしたスクランブルエッグを食べるのを眺めた。コンクリートの柱にもたれて、男の席へ行って対決する勇気を奮い起こした。ほかの乗客たちの前で正体をあばいてやる。

男のほうへ歩きだそうとした瞬間、女がテーブルに加わり、男の唇にキスをした。もうひと組の男女も皿を置き、自分でオムレツを作る列は時間がかかりすぎると笑い合った。

マリアは柱のかげに引っ込んだ。

くそ。あの男じゃなかった。

最後に食事をしたのがいつだったか思い出そうとした。ひょっとして昨日の朝？

バナナでも食べたほうがいい。

さりげない足どりでサラダバーをまわってフルーツボウルに手を伸ばした。と、その場に凍りついた。

くそ。

ビュッフェのちょうど反対側、透明アクリル板の向こう側で男が立ち上がった。プールデッキを見下ろしていた、厚手のセーターを着た男だ。ほんの一瞬、目が合った。

マリアはすばやくリンゴをつかんで乗客の群れにまぎれ、男に気づかれていないようにと祈った。ホットプレートのまわりをまわって、ふたたび男を視界にとらえた。

濃いひげをたくわえているせいで顎のラインがわからない。縁を引き下ろしたぼろぼろの帽子、サイズの合っていない厚手の服――昨日と同じだ。おそらく薄い体型を隠すためだろう。ありのままの姿では安心できないらしい。場ちがいだ。

マリアは男のあとを尾けた。男は使った皿を返却用のコンベヤーベルトに置いてビュッフェを出ていった。ゆっくりした足どりで通路を進む。マリアは安全な距離を保った。ふたりのあいだに何人か乗客がいる。水着に着替えるべく船室へ戻る連中だ。

男が肩越しに振り向いた。

マリアは急いで長身の女のうしろに隠れ、歩調をその女に合わせた。数秒後、前方をのぞいてみた。

男の姿が消えていた。

くそっ！

マリアは足を速めた。通路の交差点に達した。左へ行けばスパ。直進すれば上階のシアター。右へ行けば階段。階段を下りて、一階の船室の通路に出た。

男の姿はない。

個室の並ぶ長い通路を進んだ。人っこひとりいない。

あの男はいったいどこへ？

どこかの部屋に入ってしまったのなら探しようがない。通路を引き返しはじめた。

いた！　見つけた！

ふたたび現われた男はシアターへ向かっていた。

不意にマリアの腰になにかがぶつかった。

個室から出てきた洗濯物カートだ。

「まあ、申しわけありません！」船室のなかで洗濯物係が声をあげた。

マリアの骨盤に激痛が走った。脇腹を押さえ、手を振って洗濯物係を追い払い、足を引きずるようにして歩きつづけた。

立ち止まってなどいられない。この機に男の身元をつきとめなければ、チャンスは二度と訪れないかもしれない。

男が角を曲がり、ネオンサインの下方で頭をかがめた。この船の新しい区域、スロットマシンや各種テーブルゲーム機が詰め込まれた区域へ向かっていた。マリアは遅れまいとして、腰の痛みに顔をしかめながらよろよろとついていった。

朝のこんな時間にもかかわらず、カジノは煙草のにおいを放っていた。この船で喫煙を認められた唯一の場所だからだ。入ってすぐのスロットマシンのかげに身を隠して標的の男を観察した。男はバーへ行き、カードキーを示してバーテンダーからプラスチックのカップを受け取った。

ビールを飲みに？　朝の九時に？

マリアは、裁判中に検察側がバトラーの飲酒癖について言及したかどうか思い返そうとしたが、なにも思い出せなかった。

男はスロットマシンの一台の前に座り、ポートにカードキーを挿した。その後の十分間、マリアは男がときおりビールを飲んだり煙草をふかしたりしながら何度もレバーを引いてギャンブルをするのをずっと見ていた。

「お客さま？　ポーカーに参加されませんか？」

マリアは声をかけてきたディーラーをちらりと振り返った。「いえ、結構よ。ありがとう」並んだスロットマシンのほうへ視線を戻した。

男がいなくなっていた。

指先で肩を二回叩かれた。くるりと振り向いた。

すぐ目の前にひげ面の男が立っていた。驚いたマリアは一歩あとずさった。

「おれがまともじゃなかったら、あんたがおれのあとを尾けてると思うだろうな」

タールと安っぽいビールのにおいのする息が顔にかかった。男のかすかな体臭が鼻孔に忍び込んだ。男の口調にはわずかに中西部訛りがある。法廷で耳にしたバトラーのブルックリン訛りとはまったくちがう。

マリアは男の顔をすみずみまで見て、しみのひとつひとつまで確認した。皺の一本まで。記憶の淵からバトラーの特徴を懸命に思い出そうとした。

ほぼ同じ背丈。ほぼ同じ体格。目と髪の色も同じ。

顔はちがうけど、そんなことがありえる？

「それはなぜかな？」男が続けた。「それに、あんたは昨日プールデッキで陰険な視線を向けてきた女だろう。なんか文句でもあるのか？」

マリアは男を細部までじっくり観察した。肩の傾斜。姿勢。男が手に持っているビールのプラスチック・カップを見下ろした。もう一方の手の人差し指と中指で挟んで持っているカードキー。それをちらっとでも見ることができれば、この男の名前がわかるのに。

「おい、聞いてるのか？」

男は首を振ってマリアに背を向け、この場を立ち去りかけた。

「あなたはだれ？」声の震えを隠そうと努めながら、マリアはようやくたずねた。

男はゆっくりと向き直った。「はあ？　あなたはだれ、だと？」

「家族はどこ？　友人は？」マリアはたたみかけた。「ひとり旅なのよね？　どうして？」

「あんたには関係ないだろ」

カジノの係員のひとり、近くのテーブルのブラックジャック・ディーラーがこの騒ぎに気づき、フロアの真ん中で言い争っているふたりのところへやってきた。「お困りですか？」ディーラーは本能的にマリアに味方した。

「この女が困ってるって？」男がわめいた。「迷惑してるのはこっちだ」

「どうして名前を教えないの？」マリアが言い返した。

「なあ、あんたがなんのゲームをしてるのかは知らない。だが、おれは参加するつもりはない」

男は歩み去るべく背中を向けた。

マリアは無意識に、男の手からカードキーを奪い取ろうとした。男が腕をさっと引いてかわそうとしたはずみで、反対側の手のプラスチック・カップが床に落ちた。ビールが四方に飛び散り、ふたりの服が泡だらけになった。

「おれに近づくな！」

男はマリアからあとずさりし、足を速めて腹立たしげにカジノから出ていこうとした。

「戻ってきなさいよ！」マリアはどなった。だが男は立ち去った。

「お客さま、なにかお困りでしょうか？」ディーラーがいたわるようにたずねた。「どなたかお呼びしましょうか？」

マリアはその質問を無視し、スウェットシャツのビールを手で払ってから男と同じ出口へ向かい、最善の――そして唯一の――手がかりを追った。

21

いた。

あの女がなにを探しているのかはよくわからないが……

ビールがまだしたたっている服でカジノを出ていくマリアを、男は食い入るように見つめた。男は一部始終を見ていた。催眠術にでもかけられたようにスロットマシンを見つめているマリアを。ひげ面の乗客とのいざこざを。そしていまも、カジノの出入口の脇にある土産品店で気を落ち着けようとしている彼女を見ていた。視界の端に彼女の姿をとらえて、ずっとあとを尾けてきた。

男は低俗趣味の免税宝石店に陣取って、明らかに傷のあるダイヤモンドをじっくり見ているふりをした。プレキシガラスの展示ケースの最上段に並んだブレスレットのケースの位置がずれている。

本能的にカウンターに身をのりだし、ずれたケースをつついて位置を調整し、完璧なケースのタワーに仕上げた。

よし。

「あの、失礼ですが。品物に手を触れないでください」カウンターのなかにいるおどおどした女がとげを含んだ口調で言った。「ご覧になりたい商品があれば、お申しつけ――」

男は、しーっというように人差し指を唇に当てた。驚いた店員は言いかけた言葉の途中で口を閉じた。

男は向き直って店から出ると、彼の存在などまったく気づかずにずかずかと通路を歩いていくマリアのあとを尾けた。

男は両手をポケットに入れてぶらぶらと歩いた。彼女の漆黒の巻き毛のひとつひとつをじっくりと観察した。まるで背中に流れ落ちる黒い滝。きれいな弾むような髪だ。

彼女は短身ながら足どりは速い。他人など目に入っていない様子だ。まるで、ゆっくりとぶらぶら歩いている堕落した連中を切り裂く鋭いナイフのようだ。のろのろ歩いている連中の肩をかすめていく。

彼女の動きは混沌としている。気まぐれだ。

それが男をいらだたせる。

マリアが肩越しにうしろを見た。男はすかさず、船内の商業区域に並んでいる高さのあるサングラスの展示ケースの裏に隠れた。やみくもになにかを探して睨みつけるような彼女の目を避けるべく、すばやく動くことをすでに心得ていた。

彼女は右に曲がって階段を下りはじめた。男は展示ケースの裏から出てふたたび彼女の姿をとらえ、足を速めた。

階段は、笑みを浮かべて、汚いサンダルで汚い床をぺたぺたと歩く乗客たちでにぎわっていた。昨夜この船のエンジンが完全に停止したことにほとんどの連中が気づいていないだろう。朝食の席で、こそこそと交わし合う噂を少しばかり耳にはしたが。夜中に救命ボートが出ていくのをたしかに見たと主張する連中の話を。

だが、その噂もいまごろはもう立ち消えになっているだろう。

我関せずの連中だ。愚か者ども。

こうしてそんな連中に交じっているだけで吐き気を催す。安っぽいハワイアン柄のリネンやタオル地のカバーアップが腕をかすめるたびに鳥肌が立った。連中の裸体を想像するだけで胃がむかむかする。汗。接触。存在。

幸い、九階に着くとマリアは角をぐいと曲がって船室の並んだ通路へと進んだ。数秒遅れてあとに続いた男は、乗客どもの不快なにおいから逃れて息をついた。

船室の並ぶ長い通路は細く狭い。日差しは皆無だ。息苦しくなる。マリアが歩速をゆるめた。どうやら痛むらしい腰を押さえて、いくぶん片足を引きずっているかもしれない。

男は背後の通路を振り向いた。人影はない。

ふたりきりだ。

不意にアドレナリンが全身を駆けめぐった。

いま彼女が振り向いたら、身を隠す場所はない。

尾けられていたと気づくだろう。

姿も見られる。

アドレナリンの奔出で恍惚感が込み上げる。

男は足を速めた。声を出さないように鼻から息を吸った。彼女の髪の生えぎわから乾いた汗の塩っぽいにおいを感じるぐらいまで近づいた。

爪の先端が手のひらの肉に食い込んで血が出そうなほど強く拳を握りしめた。

彼女に手を伸ばしかけた瞬間、男は不意に階段へと折れて、十二階まで上がった。

マリアに手を伸ばしたいのは山々だが……

あの女の順番はまだ先だ。

十二階にある子ども区域《キッズゾーン》はカラフルで、不快なほど騒々しい。部屋の中央に置かれたエアホッケー台からリズミカルな音が聞こえている。にきびだらけの少年ふたりが安っぽいプラスチック製のライフル銃で仮想《バーチャル》の鹿を撃っている。レースゲーム機に並ぶ列がひときわ混んでいて、どの席でもティーン未満の子どもが大声をあげている。

無関心な親たちはゲームセンターの外にたたずみ、前夜メインシアターで見た意外にもすばらしかったダンスショーについておしゃべりをしている。不愉快な子どもたちを無視して。

クレーンゲーム機のそばで群れている子どもたちが、次はだれの番かで揉めている。外の親どもにゲームトークンをもっとねだる特命を負った大使を送り出した。幼い男児が、クレーンゲームで手に入れた安物の恐竜のぬいぐるみを得意満面で抱えている。ほかの子たちに自慢しているのだろう。自分は人生の運に恵まれた、あるいはこの先恵まれるとでもいうように。その子はぬいぐるみを欲深い妹の手から遠ざけた。

男はゲームセンターの近く、スパの前のベンチに座って観察していた。ガラス越しに、ゲームセンター内での不快な行動がすべて見えた。

完全なる無秩序状態だ。

見るにしのびない行動ばかり。頭がずきずきして、いまにも片頭痛が起きそうだ。この騒がしさをなんとか止めなければ。

すぐに、探していたものを見つけた。

いた……

少女はショートのボブヘアで、前髪を眉の真上まで垂らしている。カットラインはシャープだ。きれいに切りそろえている。歯列矯正具が笑みを損ねている。先端が上にカーブした鼻。年齢のわりに背が高い。早熟。ここからでも、ティーンの少年たちが欲望に満ちた目で彼女を見ているのがわかる。

少女と友人たちは、スキーボール機の列に並んで順番を待っている。

残念だ。

あの子はたぶん、あの紫色のドレスが似合うだろう。

22

リースが少しばかり睡眠を取る機会は、ワイアット・バトラーについて――そして、彼が行なったとされる凶悪な犯罪について――必死で深く調べる機会へと変わっていた。何時間かかけてインターネットをあさり、警察官時代の仲間に電話をかけ、事件記録を読んだあと、いくつかの点ではマリア・フォンタナの言ったとおりだと確認できた。

船室で見つかった切断頭部と、バトラーの犠牲になったとされる死体との類似性は無視できないほど大きい。

作家のジェレミー・フィンチは一匹狼だった。人生の大半を、リースがいまやっているようなこと――インターネットで暗い秘密を追うこと――に費やし、人前には出ずにブログを書いていた。親とは疎遠で独身。この男が行方不明になっていることにすらだれも気づいてなさそうだ。船が英国に着いたら、フィンチの身元確認は出版エージェントに行なってもらうことになるだろう。

この手のことさら残忍な殺人では、ほとんどの場合、動機は個人的なものだ。だが、フィンチには、捨てた恋人もこれといって大きな借金もないことから、容疑者はさらに絞られる。

とはいえ、そもそもフォンタナ——フィンチの暴露本によれば、二次的な悪党だ——がこの船に乗っていること自体、偶然にしてはできすぎだとリースは感じた。

それに、一年近く前に行なわれたフォンタナの記者会見。バトラーに無罪票を投じたことを公に認めている。あの男を自由の身にしたのは自分だ、と。その点だけを取っても、先ほど彼女と交わした会話の意味合いがすっかり変わる。

彼女はなぜ、いまになって急にバトラーに関して人騒がせな嘘をつくのだろう？気が変わった理由は？

不格好に積み上げられた新たな情報により、リースは、これからもっと不吉なことが起きようとしているのかもしれない、と感じていた。

彼女とバトラーがぐるだとしたら？　彼女がなんらかの目的を持って陪審団にまぎれ込んでいたとしたら？　バトラーを釈放させるために。

とても信じがたい。

とはいえ、彼女が乗っているこのクルーズ船内で、著作のなかで彼女を悪しざまにこき下ろした作家の切断頭部が見つかったことも、とても信じがたい。だが、事実だ。

インターネット上で拡散された、フォンタナが書店でフィンチにすごんでみせたビデオを見つけたころには、リースの頭にある考えが根づきはじめていた。

ドアのラッチ錠を開ける音がした。ヘンドリックスが室内に足を踏み入れ、残念そうな顔をリースに向けた。

「まさか、ずっとここにいたなんて言わないでしょうね」ヘンドリックスが腰の拳銃をはずして保管庫に収めながら言った。「なんだか張りつめてるようですけど」

「手がかりをつかんだんだ、トレイシー。それがどう結びつくのか、解き明かすのに力を貸してほしい」

「いざ悪党を追うとなったときに眠り込んだりしたらどうするんです?」ヘンドリックスは胸の前で腕を組んだ。「本気で言ってるの。少し寝てください」

「寝るさ。だが、とにかく、きみに聞いてもらいたい」

リースは、マリア・フォンタナとのやりとりのひとつひとつをくわしくヘンドリックスに話した。フォンタナと事件とのかかわりについて、フィンチの頭部が発見された現場の状況とバトラー裁判で明かされた証拠との不気味な類似点について。マリアの説——彼が一睡もできなかった理由でもある説——を話すのは最後にした。

「いいか。その女、フォンタナだが。彼女はバトラーがこのアトランティア号に乗っていると確信している」

「なるほど……で、乗ってるんですか？」

「そう、それがよくわからない。名簿はもう確認した。ワイアット・バトラーという名前の男はこの船に乗ってない。乗客としても乗組員としても」

「裁判のあとで名前を変えたのかもしれませんよ。わたしだったらそうします」

「そのとおりだ。そこで、バトラーの特徴と一致し、ひとり旅でこの船に乗っている人間を探してみた。白人男性。長身。四十代半ば」

「それで？」

「ああ、ひとりいた。名前は……」

リースはデスクに散らばっている書類を繰って、目当てのプリントアウトを見つけた。

「ああ、これだ。コリン・P・フィッシャー。だがこの男には確たるアリバイがある。ニュージャージー州で害虫駆除会社を経営している。この十五年、ニュージャージーに住んでいる。記録によると、バトラー裁判の期間中は害虫駆除と家庭訪問を行なっていたようだ」

「では、その男じゃありませんね」

「まあな……だが、バトラーがフィッシャーを殺して彼になりすまし、正体に気づかれることなくこの船に乗っている可能性も否定できない」

「本当に大丈夫ですか？」ヘンドリックスがコーヒーマシンのところへ行き、ふたり分の濃いコーヒーを注いだ。両方のカップに砂糖を入れてデスクに戻った。「自分の声に耳を傾けて。うさんくさい陰謀論を信じ込んでる連中みたいな話しかたになってますよ」

「おれは大丈夫だ」

「本当に？」

「大丈夫だ」リースは、自分自身にも言い聞かせるように、強い語調で言った。「現時点では、このミスタ・フィッシャーに話を聞きに行ってもいいんじゃないかと考えている」

ヘンドリックスはそれはどうかというように首を振った。

だが、彼女が自分と同じぐらい強い思いでこの件を解決したがっているとリースは感じた。

できるかぎり安全かつ簡単な方法で。

「そうしたほうがよさそうですね」ようやく彼女が同意した。

リースはつい笑みを漏らしていた。

「ただし、抜け目なくやりましょう」ヘンドリックスが言った。「確実にわかっているのは、この船内に犯罪現場はひとつだけだということです。いまのところ、子どもの船外落下の件は事故だった可能性も残ってますからね」

「となると、明白な疑問がある。いまこの船に乗っていて、自分の人生を台なしにした作家を殺害する動機を持っているのはだれか？」

リースとヘンドリックスは同じ考えを抱いて顔を見合わせた。

ヘンドリックスがうなずいた。「マリア・フォンタナとその婚約者が第一容疑者でしょうね」

23

スティーヴの足もとで船がかすかに揺れた。船室内の静寂を破るのは、ベッドルームの窓のねじ釘がきしむ音だけだ。クロエとクリストファーは小さいほうのベッドルームで昼寝をしている。

スティーヴはリビングルームのコーヒーテーブルの脇に立って、次のシャツを手に取った。部屋に戻ってきたマリアがまたあわただしく出ていったあと、子どもたちの服は散乱したままだった。婚約者の残した惨状を回復させるために、Tシャツと水着の山をリビングルームに運んだのだ。

スティーヴはソファからクリストファーの短パン――左右にカーゴポケットがついたえび茶色の短パン――を取った。ベルト通しのほつれた糸を手でちぎり取り、短パンをふたつ折りにたたんだ。

さらにもう半分にたたむ。

その短パンを広げる。

またたたむ。

また広げる。

それを繰り返す。

整然と。

正確に。

バルコニーに目を向けて、波の流れをぼんやりと見つめる。

また短パンをたたむ。

また広げる。

船室のドアをノックする音で、スティーヴははっと我に返った。短パンを置いてドアへ駆け寄り、のぞき窓から外を見た。

紺色の制服に身を包んだふたりの人物が通路にぬっと立っている。男と女。長身。いかめしい顔。厳しい表情。職務で来たにちがいない。

スティーヴはドアハンドルを押し下げて少しだけドアを開けた。「こんにちは。なにか用ですか？」

「スティーヴ・ブラナガン？」男がたずねた。「お邪魔じゃなければいいのですが」

スティーヴは男の腰のホルスターに収まっている拳銃をちらりと見下ろした。

「ジェイク・リースといいます」男が続けた。「アトランティア号の警備責任者です。こちらは副主任のトレイシー・ヘンドリックス。いくつかうかがいたいことがあるので、入れていただけますか？　ちょっと話をするだけです」

警備責任者？　やれやれ。

応じるほかないとスティーヴは観念した。ドアを大きく開けた。「マリアのことで？彼女は大丈夫なのか？　なにかしでかしたのか？」

「なぜ彼女がなにかしでかしたと思うんです、ミスタ・ブラナガン？」リースがたずねた。

「いまお部屋にいらっしゃらないんですか？」

「そう、いない。彼女はずっと……このところ、ちょっとぴりぴりしてて。いまどこにいるのかわからない」

「婚約者の居場所がわからない？」

「そう。さっき、ひどくあわてて出ていったので」

警備員たちはドア口で微動だにしない。無表情だ。彼らがこっちの言葉と動きを逃さず観察しているのをスティーヴは感じた。

「彼女が今朝会ったのはあんたたちだろう？」スティーヴは疑問を口に出した。「この船の警備係なんだよな?」

リースがうなずいた。「そうです。入ってもいいですか?」

「ああ、失礼。どうぞ」スティーヴは脇へ寄ってふたりをリビングルームに招き入れた。

「なんでも協力するよ」

ソファに駆け寄り、ふたりが腰を下ろせるように、たたんだ服をつかんですばやくどけた。ほかに場ちがいなものがないかと室内を見まわした。しばらくして、この気まずい沈黙を埋める必要を感じた。

「なにかどうです?」スティーヴはたずねた。「コーヒーでも」

「この部屋にコーヒーメーカーはないと思いますよ、ミスタ・ブラナガン」ヘンドリックスが応じた。

「ああ、そうだった。申しわけない。こういう場合どうするのかわからなくて。自宅に客人を招いたような気がして。でも、そうじゃないな」

スティーヴは小ぶりの肘掛け椅子に倒れ込むように座った。小さいほうのベッドルームに顔を向けた。「小さな声でお願いするよ。子どもたちが寝ているので」

「子どもたち。あなたのお子さん?」リースがたずねた。

「いや、マリアの子だ。前の結婚でもうけた子たち。結婚式をすませたら、正式におれの継子になる」

リースがうなずいた。「なるほど」

「なにも問題ないんだろうね？」スティーヴはたずねた。「このところマリアが気がかりなことを言ってるのは知ってるけど、ちょっとばかり妄想症状に陥っているから」

「そう、そのことでここへうかがったんです。あなたとマリアのことで。彼女とはどれぐらいのおつきあいですか？」

「出会ったのはあの裁判の直後だから……一年ほどかな」

「マリアがバトラー裁判についてあなたに話したことは？ 事件の詳細について、彼女がなにか話したことは？」ヘンドリックスが口を挟んだ。

「いや、とくには。彼女があの法廷で目にしたのは本当におぞましいものだった。それについて話させようとしたけど、彼女は断じて口にしない」スティーヴは座ったまま身をのりだし、警備員たちに苦笑を見せた。「正直に言うと、どのみちワイアット・バトラーと事件のことはよく知ってるんだ。こう言ってはなんだけど、彼の性格研究はとんでもなくおもしろい。パートタイムで俳優業をかじっているもので」

「おもしろいと感じているんですね」リースは大げさに繰り返した。「妙な質問に聞こえるかもしれませんが、マリアが裁判のあとバトラーと連絡を取り合っていると思いますか？」

「バトラーと？　ありえない！」スティーヴの声が少しばかり大きくなった。はっとベッドルームのドアを見やり、双子を起こさなかったようにと祈った。ささやく程度の小声に戻って言った。「なんだって彼女がバトラーと話をする？」

「では、バトラーがこの船に乗っていると彼女が思い込む理由がわかりますか？」

「噂のせいだ。船内に広まっている醜悪な噂を耳にしたんだよ。切断された頭部が見つかったというのは本当なのか？」

警備員たちは見つめ返した。

返事はない。

質問するのは向こう。こっちじゃないってことか。

「まあ、あんたたちがなにを見つけたにせよ」スティーヴは言った。「彼女はバトラーのしわざだと確信している。それに、船から転落した子どもの件にもバトラーが関与してると考えている。でも、クルーズ船では転落事故はよくあることだって言い聞かせたよ。よくあるんだよな？　なにしろ、あんたたちはおれなんかよりよく知ってるはずだ。とにかく、グーグルで検索すればそう書いてあるし……」

ヘンドリックスとリースはまったくの無表情で彼を見返している。顔色も読めない。癪にさわる。ひと晩じゅうここにいても、こっちを小馬鹿にして落ち着かなくさせる像のように無表情を通しそうだ。

「で、ほかになにか知りたいことが？」スティーヴはたずねた。

「質問をもうひとつ。ジェレミー・フィンチについてなにをご存じですか？」

「あの作家か？　あれで作家と呼べるなら、だが。あの男がどうした？」

「あなたかあなたの婚約者が彼と個人的なお知り合いでしたか？」ヘンドリックスがたずねた。

「とんでもない。一度会っただけだ。でも、本当にいやなやつだ。卑劣なくそ野郎だよ」

スティーヴは十字を切るまねをした。「汚い言葉を使って失礼した。この一年、あの男のせいで生活がめちゃくちゃにされたもので」

　室内がまた静まり返った。警備員たちは目配せを交わした。彼らの放つ質問は明瞭さを欠いているのに、たがいの考えていることが正確にわかるというようだ。

　ヘンドリックスがようやくソファから立った。「ではこれで、ミスタ・ブラナガン。いまのところ、充分な情報が得られたと思います。お邪魔をして申しわけありませんでした」

　スティーヴは弾かれたように肘掛け椅子から立ち上がった。「いや、ご心配なく。おれにできる協力は喜んで。それと、マリアがあんたたちをわずらわせてるなら申しわけない。あんたたちは自分の仕事をしようとしているだけだ。彼女があの裁判の陪審員に選ばれたのは貧乏くじを引いたようなものだ」

「まあ、だれしも市民としての義務を果たさなければなりませんから」

通路へ出るドアへ向かう途中で、警備員たちは開けっぱなしのバスルームをちらりとのぞいた。

連中はなにかを探している。

通路へ出る寸前にリースがリビングルームを振り向いた。「時間を割いていただき、ありがとうございます、ミスタ・ブラナガン。このあとの航海を、お子さんたちとともども楽しんでください。ご用があるとき、あるいはなにか話したいことがあれば、十階の私のオフィスへどうぞ」

「ありがとう。覚えておくよ」

リースとヘンドリックスが外へ出てスティーヴがドアを閉めると、船室内に静寂が戻った。

スティーヴは首を振った。ふたりとのやりとりにいらだち、頭のなかが混乱していた。気持ちを落ち着かせる必要がある。心を静める効果のあることをしなければ。床の上の衣類の山に戻り、さっきと同じ短パンを手に取った。クリストファーの短パンに。
両手で持ってとくと眺めた。
ふたつ折りにたたんだ。

24

リースとヘンドリックスは通路を進んで九二五号室から遠ざかった。

「ずいぶん妙な話ですね」スティーヴに声を聞かれないあたりに達するなりヘンドリックスが言った。

「同感だ。あの男を監視しよう。防犯カメラ映像で。船内での彼の行動を追いたいな。ミズ・フォンタナの行動もだ」

表面上は、スティーヴ・ブラナガンはどこにでもいる冴えない男だ。バトラー裁判に対して並々ならぬ興味を持っている点——本人もそれを認めた——は明らかな危険信号だが、婚約者の精神状態を案ずる気持ちは本物だと思える。切断頭部をこっそりこの船に持ち込む行為は、彼が今日見せた人物像にしてはいささか度を越している気がする。

とはいえ、どんなに穏やかな人間でも凶悪になりうる。

どんな可能性も除外するわけにはいかない。

どんな人間も。

ふたりは九階の通路を進んで右舷側のプロムナードデッキへ向かった。大西洋の冷たい風が吹きつけ、リースの腕の毛が逆立った。角を曲がりながらネクタイをピンで留めた。

ヘンドリックスのベルトについているトランシーバーが甲高い着信音を立てた。彼女はトランシーバーを持ち上げて頬に当て、発信ボタンを押した。「はい。ヘンドリックス」

「トレイシー、きみの捜していた乗客を見つけた」スピーカーからトマス・セントクレアの声が雑音交じりに聞こえてきた。「コリン・フィッシャーだったっけ？　二分前に〈サーフサイド・カフェ〉でカードキーを使ってる」

「了解。待機してて、トム。状況しだいで応援が必要になるかもしれないから」

「了解。待機する」

ヘンドリックスはトランシーバーをベルトに戻し、リースに向き直った。「逃げられる前に〈サーフサイド・カフェ〉へ行きましょう」

「いまそう言おうとしたんだ」

〈サーフサイド・カフェ〉は船の前方部分、上からふたつ目の階、十四階にある。航海船橋の真上に位置し、アトランティア号でもっとも見晴らしがいい。巨大なガラスの窓ぎわにビストロ風のテーブルが二十四席、オープンスペースの甲板上にもさらに何席かある。

リースとヘンドリックスはキッチンの入口から入った。早めのランチ客のピークで、当番のコックたちはターキークラブサンドイッチやチョコレートクロワッサンをせっせと作っていた。

家族連れがバースツールに腰掛けて、スムージーを飲んだりコーヒーをかき混ぜたりしている。

ヘンドリックスがリースをつつき、ガラス窓の先を指さした。コリン・フィッシャーは外のデッキで、船首にいちばん近い席にひとりで座り、エスプレッソの入ったカップを握りしめて大西洋を眺めていた。

リースとヘンドリックスは彼から話を聞くために外へ向かった。ほかの食事客のだれも外の席を選ばなかった理由がわかった。九階のプロムナードデッキで吹いていた突風が、ここではその強さが二倍もあるのだ。

「ミスタ・フィッシャー？」リースは強風を圧して叫んだ。「コリン・フィッシャーさんですか？」

「ん？　だれだ？」彼がたずねた。

フィッシャーは向き直ってふたりを一瞥し、すぐにまた大海原に視線を戻した。明らかに、制服を見て怖気づくタイプではない。

「私はこのアトランティア号の警備責任者ジェイク・リース。こっちはトレイシー・ヘンドリックス警備員です」

フィッシャーが不満の声を漏らした。「カジノでのいざこざのことなら、問題にしたくない。このまま放っておくさ」

「カジノでなにがあったんです？」ヘンドリックスがたずねた。

「なにも。いま言ったことは忘れてくれ」

ふたりはおそるおそるテーブルに近づいた。フィッシャーは左手でカップを持ってエスプレッソコーヒーを飲んだ。右手は上着のポケットに入れたままだ。

彼に近づきながら、リースは拳銃ホルスターから数センチのところへ片手をやった。

「ミスタ・フィッシャー、いくつか質問してもいいですか？」

「質問？　なぜ？　おれは面倒なんて起こしてないぞ」

ふたりはようやく彼の前に達した。フィッシャーの顔はにきびの痕だらけで、鼻も曲がっている。彼は淡いグレーの目でふたりを睨みつけた。

バトラーとはまるで似てないな、とリースは思った。

ヘンドリックスはもともと顔を見分ける才能がある。リースは彼女をちらりと見た。彼女はフィッシャーの顔をとくと見たあと、ごく小さく首を振って応じた。

わからない。

「あなたを問題視しているわけじゃありません、ミスタ・フィッシャー」リースは言った。「友人も家族も同行されてないので、休暇旅行を楽しんでおられるか確認したかっただけです。ひとり旅なんですよね？」

「そっちもそうだろう」フィッシャーが言い返した。

「これは痛いところを突かれました」

フィッシャーはため息をついて、エスプレッソコーヒーをまたひと口飲んだ。「おれは妻のためにここにいる。数年前に亡くなった妻のために。妻は船旅が好きだった。記念日のお祝いに、ふたりでよくアトランティア号に乗った。妻が息を引き取るとき、おれは生きることをやめないと約束したんだ」

リースは、公式記録でミセス・フィッシャーの死亡記事を探すこと、と頭にメモした。

フィッシャーは目に涙を浮かべて続けた。「だから、いまだに毎年乗っている。彼女のために、ふたりの決めごとを守ってるんだ」

「心からお悔やみ申し上げます」ヘンドリックスが心を込めて言った。「申しわけないのですが、身元を証明するものをお持ち合わせでしょうか？　免許証など、拝見してもかまわないものを？」

「ほら、やっぱり。昼間にあの女をよこしたのはあんたたちだろう？　あの女はあんたたちのまわし者か？」

「女？　どんな女性ですか？」リースはたずねた。

「カジノにいた頭のおかしい女だよ。いまあんたたちがしたのとまったく同じ質問をしやがった」

フィッシャーを問いつめたのがだれか、リースにははっきりとわかった。

マリア・フォンタナだ。

警備情報もなく、手を貸してくれる仲間もいないくせに、調査においてフォンタナはおれより一歩先を行っているらしい。

「その女性はわれわれとは無関係です」リースは答えた。「警備の人間があなたをわずらわせてなければいいのですが」

「あんたらふたり以外にってことだな？　いま、こうしてわずらわされてるんだから。あんたらが八階の部屋の件で困ってるって聞いたよ。猫の死体を山ほど見つけたんだってな。それにおれがかかわってるなんて考えてるんなら、あんたらはどうかしている。おれは猫好きなんだから」

リースは笑いださないように努めた。見つけたのが猫の死体だったらどんなにましか。

本当に噂が飛び交っているんだな。

「ミスタ・フィッシャー、簡単な質問をもうひとつ」ヘンドリックスが言った。「ご職業は？」

「ニュージャージーで害虫駆除をやっている」

「そうですか？　いえ、これまで耳にしたなかでも、あなたは中西部の訛りが強いようなので」

フィッシャーはあきれた顔をした。「ミネソタなんだ。生まれも育ちも。妻と出会い、一九九九年にニュージャージーへ移った。以来、そこに住んでる」

「わかりました」リースが言った。「ニュージャージーでは、おもにどのような害虫を駆除しているのですか？　なにかおもしろい虫は？」

「さあ、どうかな……穀物甲虫、ゾウムシ、スズメバチ、セイヨウシミ、チャオビゴキブリ、トビムシ、イヌダニ、ノミ、クローバービラハダニ——その他なんでも駆除する。ちょっと待った。そういうことか？　船内に害虫が？　くそ。トコジラミだな？」

「いえいえ。そういうことではありません。時間を無駄にさせて申しわけありませんでした。このあとも船旅をお楽しみください」

フィッシャーは握りしめた手をポケットから出した。その手を開いて結婚指輪を見せた。

シルバーの指輪にそっとキスをして椅子から立ち上がった。「用がなければ、おれはこれで」

カフェの店内へ向かうフィッシャーを通すために、リースとヘンドリックスは一歩下がった。

「言ったとおり、おれは妻のためにここにいる」通りすぎざまにぼそりと繰り返した。「妻を思い出すために。他人にわずらわされるためじゃない。あんたらさえかまわなければ、おれはひとりでいたいんだ」

25

十一階にあるイタリアンレストラン〈メッシーナズ〉では、薄暗い照明のなかで心地良いシチリア音楽を流している。マリアたち一家は奥のほうの静かなテーブル席に着いていた。このレストランでの飲食は旅行のパッケージ料金には含まれていないため、埋まっている席は半分ほどだ。

この店にしてよかった。客が少ない。人目も少ない。

たしかに料理は高いけど、メインダイニングでほかの何千もの乗客に囲まれるなんて、マリアにとっては地獄のように思えた。

双子は椅子のなかで体をもぞもぞさせ、もらった塗り絵セットを押しのけた。この席の担当のウェイターは精いっぱい努めたのだが、ふたりはもうそんな子どもだましが通用する年ではない。

マリアは目を伏せたまま氷水のストローをぐるぐるまわした。昼間、バトラーを探すために家族を放っておいたことで気が咎めていた。でも、こうして家族のもとに戻ると気分がいい。昔から家族と過ごす時間は大切にしていた。

家族みんないっしょに。

みんな安全に。

湯気の立っているマッシュルームリゾットの皿を持ったウェイターが通りかかった。トリュフオイルとエシャロットの香りがマリアの鼻孔を満たした。お腹が鳴った。べつに驚くことではない。マッシュルームリゾットは好物だし、いつから食事をしていないのかわからない。

「ああ、くそ、決められないな」スティーヴが言い、またパンをちぎって、バルサミコ酢を垂らしたオリーブオイルにつけた。「メニューのどの料理もおいしそうだ」

先ほどのウェイターが戻ってきて注文を取った。双子はミートボール・スパゲッティを食べたがったが、新しいものを食べてみろとスティーヴが強く勧めた。マリアはマッシュルームリゾットに加えて、スティーヴが注文したエビ料理を双子は気に入らないだろうと見越して、みんなで分けられるマルゲリータ・ピッツァを注文した。ウェイターは注文票に書き留め、軽やかに厨房へと立ち去った。

「それで……みんなは今日はどうだった？」マリアはたずねた。

クロエとクリストファーは返事をせずに膝の上のナプキンをいじっている。ニンテンドースイッチを持ってくればよかったと思っているのだろう。

「楽しかったよ」スティーヴが陽気さを保とうとした。「船室を掃除した。バルコニーに出て読書を――」

「今日は最悪だった!」クリストファーが吐き捨てた。「一日じゅう部屋から出られなくてさ。ロッククライミングをやりたかったよ」

「そうよ」クロエも加勢した。「お母さんがひとりで出かけるんなら、プールぐらいは行かせてよね」

「そうね、出かけてしまってごめんね」マリアはなだめるように言った。「それに、あなたたちが部屋から出られなかったことも謝る。でも、お母さんたちには、あなたたちを守ることが大事だったの。それに、ロッククライミングをやるには風が強すぎたわ。明日はきっとちがう。あなたたちの行きたいところへみんなで行くって約束する」

双子はふくれっ面をしていた。いまはおいしいピッツァもふたりの機嫌を直す役には立たない。

「それに、部屋に来た人、声が大きかったし」クロエが言った。

えっ?

「今日、部屋にだれか来たの？」

「そう」

マリアは座ったまま体をこわばらせた。婚約者をひたと見つめた。「どういうこと？だれが来たの、スティーヴ？」

「ああ、あの男だ。えっと、リース。そんな名前だった。彼ともうひとりの警備員だよ」スティーヴが早口に答えた。「何分かいて、いくつか質問をした。たいしたことじゃない」

「警備責任者がわたしたちの部屋に？　どうして？　彼はなんて言った？　どんな質問？あなたはなんて答えたの？」

「そりゃ、ごくありきたりのことだよ」

「ごくありきたりのこと？」マリアは突っ込んでたずねた。「彼らの言ったことを正確に教えて、スティーヴ」

「そうだなあ。おれたちのことを訊かれた。おれたちの関係について。いつからつきあってるのか、とか。ごく普通の質問だよ。べつに、かっかするようなことじゃない」

リースがわたしたちのことを調べている？　わたしのことを？

「そもそも、いったいどうして彼らがあなたに質問なんてするのよ」マリアは問いつめた。

「それに、いったいどうして答えたりしたの？」

「おれが答えちゃいけないのか、マリア？」スティーヴが言い返した。「隠すようなことはなにもない、そうだろう？　どうすればよかったんだ？　彼らの目の前でドアを閉めるとでも？　たしか、クルーズ船では令状は必要ないはずだ。おれは協力しようとしただけだ」

いま聞いた話が信じられずにマリアは首を振った。

リースのやつ。時間を無駄にして。

バトラーの調査に専念すればいいのに。

スティーヴとわたしのことを調べたりなんかして。

「いいか、おれは彼らがどんな用件で来たのかは知らない」スティーヴが言った。「きみになにかあったのかもしれないと思ったんだ。今日一日、きみがどこにいるのかまったくわからなかったんだから」

近くのテーブル席へ向かう接客係がそばを通りかかると、スティーヴは声を低めた。

そのすぐうしろに、老婦人を乗せた車椅子を押す中年の男が続く。老婦人は鼻にチューブをつけて、車椅子に取りつけられたタンクから酸素を吸入している。

スティーヴは席を立ち、老婦人と中年男が通りやすいように、邪魔になる椅子をいくつかどけてやった。このレストランはどう見てもテーブル席を詰め込みすぎだ。接客係が奥のテーブルへ案内し、老婦人と中年男が席に着いた。スティーヴはどけた椅子を元の場所に戻すところまで手伝っていた。

がみがみ言われてるさなかでも、スティーヴは人の役に立とうとするのよね。

わたしが過剰に反応しているだけなのかもしれない。

マリアは深呼吸をひとつした。それがスティーヴの性分。どんな状況でも、自分は役に立っていると感じたがる。たぶん、警備員たちに質問されてわくわくしたのだろう。自分が調査にひと役買っている気分だったのだ。

スティーヴが老婦人たちのテーブルで手を貸しているので、マリアは子どもたちに向き直って会話を続けた。「お母さんが出かけたあと、あなたたちはなにをしてたの？」

「わかんない」クロエが答えた。「チェッカーゲームをやって、そのあとテレビを観て。ジェンガもやったかな。スティーヴが出ていったときは、退屈して昼寝してたし。あまり眠れなかったけど」

マリアの顔から血の気が引いた。

スティーヴがどうしたって？

「えっ、ちょっと待って」マリアは娘のほうへ身を寄せた。「スティーヴが出ていった？

船室を出ていったってこと？　あなたたちをふたりきりにして？」

クロエとクリストファーが目配せを交わした。まずいことを言ってしまったのかと考えているように見えた。

「そんなに長い時間じゃなかったよ。クロエとぼくは、言われたとおりずっと部屋にいたし。大丈夫だったよ、本当に」

マリアの視線がスティーヴに移った。たったいま彼に抱いた愛おしさが、抑えきれない怒りへと変わっていた。

スティーヴは老婦人とその息子と思しき中年男のテーブル席を見下ろしてほほ笑んでいる。中年男がうなずき返して礼を言った。

彼がわたしの子どもたちをふたりきりにした？　目を離さないでとはっきり頼んだあとで？

スティーヴは踊るような足どりで戻ってきて椅子にどすんと腰を下ろした。

「さて。デザートはもう決めたのか？」陽気な声でたずねた。「アイスクリームサンデーにしようか」

マリアは彼を見つめ返した。無言で。悲しみに打ちひしがれて。

この船に乗っている人たちのなかで唯一、信頼していたのに……

その彼がわたしに嘘をついた。

26

一時間後……

男は自分の拳を調べた。赤いすり傷ができてひりひりする。海を渡る夜風が強く吹きつけるたび、男は命の危険を感じた。冷たい金属製の柵にしがみついて体を持ち上げるようにし、両脚を上げてやすやすと上階のバルコニーの外縁に立った。

三十メートル以上も下方では、アトランティア号の船体の下部に波が砕けている。この高さでも、塩気を含んだ小さな波しぶきが男のかかとを舐めるようだ。

男はタイミングを完璧に見計らっていた。乗客の大半は夕食を取るか、今夜の盛りだくさんの予定のなかから好みのショーを観たりイベントに参加したりするために部屋を留守にしている。並んだ空室と、ときおりすでに眠りについている乗客たちのおかげで、男は楽々とのぼってくることができた。

ここまで通ってきたバルコニーはどれも、カーテンが引かれているか室内の電気が消されていた。男は闇のなかでまったくだれにも気づかれることなく、大型船の右舷側をのぼっていた。このためにしばらく練習を重ねてきたのだ。船体を揺らす波の予測不能な動きまでうまく利用する自分の的確な動きに気をよくしていた。

体を引き上げるようにして、またひとつ上の階へ。バルコニーの両端に設けられた表面のなめらかなガラスの仕切り板が、各船室の境を示している。隣室への移動をむずかしくするためだ。

だが男には、左右を問わず、仕切り板を越えて隣の船室へ移動する必要はなかった。

男は用意周到にこの列を選んでいた。

それに、目指す先も正確にわかっている。

腕の筋肉が痛むが、男は上へと進みつづけた。冷たく獰猛な波のうねりを見下ろした。

男はなにも感じていなかった。恐怖も。アドレナリンの分泌も。

冷静沈着。

目の前の課題。

始めたことを終えたいという欲求。

次の階へと体を引き上げようとした。

上の船室からくぐもった声が漏れている。

上階の手すりの、床に近いすきまからのぞいてみる。バルコニーにはだれもいない。バルコニーの明かりがついていない。カーテンは閉ざされている。室内で激しく言い争っているらしき人影が見えるだけだ。

完璧だ。

男はその階のバルコニーに体を引き上げ、脚を振り上げて手すりをまたいだ。着地した足が音を立てた。壁に体を張りつけるようにして闇に身を隠した。気づかれないように。目につかないように。

室内で男女が熾烈な応酬を繰り広げている。声の音量が上がったり下がったりしている。男は風と波の音のなかで彼らの声を聞き取ろうとした。

「あなたを信じられない!」女性がどなった。

一瞬、沈黙が訪れた。

男はバルコニーの仕切り板に背中をつけて、カーテンのすきまから室内をのぞき込める位置に身を置いた。

室内では女性が支配的な立場だった。男性はベッドの端に腰を下ろしている。女性は男性を見下ろすように立っている。分厚いガラスドアを通して、また口論の断片が漏れ聞こえた。

「理由《わけ》を言って！　それほど大事な用ってなに？」

男は低く身をかがめた。音を立てないようにバルコニーを見まわす。なにかが男の目を引いた。

サマーベッドのひとつに、水着が重ねて置いてある。

不用心だな。

男性用のトランクス水着。女性用のワンピース水着。それに……まだある。

思いがけない贈りものだ。

子どもの水着が二着。

一日じゅう日差しを浴びていたせいで、ごわごわして色もあせている。

からからに乾いている。

興奮が電流のように男の全身を貫いた。

水着に身を寄せてにおいを嗅いだ。ポリエステル素材に塩素のにおいがしみついている。

まず女児用の水着をつかみ、紐からなにから球状にしっかりと丸めた。次に男児用のトランクス水着を手に取り、きちんとたたんでウエストバンドに挟んだ。

室内の声が静まり、男は笑みを浮かべた。

かなたで、一本の稲妻が夜空を切り裂いた。数秒後、静かな雷鳴が海を渡って聞こえてきた。

男はためらうことなく安全手すりに乗り、足もとを確かめた。上階のバルコニーに手を伸ばして体を持ち上げた。

上の階へとよじのぼった。

それきり男の姿は完全に見えなくなった。

27

マリアはコーヒーショップの列に並んで、辛抱強く順番を待っていた。昨日の強風がようやく収まり、プールデッキをうろついている人の数も昨日より多い。明るい日差しが船全体に亜麻色の光を投げかけている。列の前方、カウンターの奥ではバリスタたちが加圧用のレバーを引き、湯気とともにエスプレッソコーヒーをカップに噴出している。

肉体的には、マリアは昨日よりも落ち着いていた。頭も冴えている。気持ちも安らいでいる。心拍もほぼ正常に戻り、手の汗も引いていた。きっと、二日近く睡眠を取っていないことによる悪影響だったのだろう。

昨夜はスティーヴが眠ったあとでベッドを抜け出し、どうにかソファで何時間か寝た。あんな言い争いをしたあと彼の隣で眠るなんて、しっくりこなかったからだ。

悪気がなかったとはいえ、彼が子どもたちをふたりきりにしたことがまだ信じられなかった。船室を抜け出したのはマリアを心配して捜すためだった、と彼は説明した。子どもたちを放っていつまでも捜しつづけるつもりもなかったし、部屋を空けたのは一時間足らずだ、と。

でも、たとえなにがあろうと、部屋を出てはならなかった。

昨日抱いた感情のどこまでが妄想症状だったのだろう、とマリアは考えた。

たぶんスティーヴの言うとおり……

とにかく、また子どもたちの一日を台なしにはしたくないので、マリアは約束を果たした。四人とも起きると、朝いちばんに、スティーヴとマリアは十四階の船尾側に張られたジップラインへ子どもたちを連れていった。

子どもたちはその日の列の先頭で営業開始時間を迎えた。クロエとクリストファーが滑空しながらあげるうれしそうな笑い声が、たとえ数分にせよ、マリアに不安を忘れさせた。いまからでも楽しい旅行にできる。新しい思い出を作ることができる。

マリアは足をこつこつと鳴らしていた。コーヒーを待ちきれないからではなく、無意識の動作だった。これまでのできごとによる緊張が少し残っているのかもしれない。

子どもたちはスティーヴといっしょにデッキの反対側にある巨大なチェス盤のところにいる——当然、マリアの目が届くところだ。いま行なわれているゲームを見て、等身大の駒がぶつかり合うたびに目を輝かせている。

コーヒー待ちの列全体が二歩ばかり前へ進んだ。

マリアはちらりと左側を見た。

昨夜の老婦人を乗せた車椅子が列の外に停まっている。

向こうもマリアの顔を覚えていた。マリアと目が合うと首を振った。「なにをだらだらやってるんだか！　これじゃあコーヒーが入る前に化石になってしまうわ」

「あら、申しわけありません。並んでらっしゃったの？」

「ああ、ちがうの。大丈夫よ。あなたはやさしい人ね」老婦人が皺だらけの華奢な手を笑顔で差し出した。「キャサリン・デイヴィスよ。よろしくね」

マリアは軽く握手した。キャサリンは強い南部訛りだ。マリアのような生粋のニューヨーカーにはとてもまねできない、なめらかに包み込むようなホスピタリティ《もてなし》の精神があふれ出ている。

白髪を短く刈っているが、義歯の口もとに浮かべた笑みは、彼女の半分の年齢の人の笑みよりも活気に満ちて明るく輝いている。鼻に呼吸管を挿し、車椅子に酸素タンクを取りつけているとはいえ、キャサリンは生きる喜びをまとっていた。

「コーヒーは持ってきてもらえるんですか？」マリアはたずねた。

「買いに行ってもらってるの」彼女は列の前方にいる男を指差した。昨夜ダイニングテーブルまで車椅子を押していた男だ。

「息子さんですか？」マリアはたずねた。

「いえ、ちがうわ。介護士のトッドよ。やさしい人でね」

トッドは長身痩軀だ。ちょうど順番が来た彼はカードキーを出して、ホイップクリームの乗ったエスプレッソコーヒーを二杯受け取った。

たちまち、踊るような足どりで混み合った列をすり抜け、キャサリンとマリアが立っている場所まで戻ってきた。満面の笑みをマリアに向け、湯気の立っているマグカップをキャサリンの震える手にそっと持たせた。

「熱々だから気をつけて」彼はキャサリンと同じ濃い南部訛りで言った。マリアを見た。

「こんにちは！　あっ、申しわけない。三杯持ってくればよかった」

マリアは気にしないでとそっと手を振った。「いえ、おかまいなく。本当に――」

「すぐにもう一杯淹れてくれるか頼んでみるよ」彼はまた温かい笑みをマリアに見せると、カウンターに引き返した。

マリアはキャサリンに向き直った。「冗談じゃなかったんですね。本当に親切な人だわ」

「ええ、これまで世話になったなかでいちばんの介護士よ。断然ね。本当によくしてくれて。ジョージア州では子育てが上手なのね」

マリアはにっと笑った。「ニューヨークでも上手に子育てしようとしています。この旅には、あそこにいる子どもたちと婚約者といっしょに来てるんです」

「すてきじゃない」キャサリンが答えた。「だれしも、ときどきは楽しい休暇旅行をしていいはずよ。だから、わたしはトッドを連れてきたの。彼には休暇が必要だったから。とくに、つらい一年を過ごしたあとだからね。本当に、彼の幸運に感謝するわ」

キャサリンは空いているほうの手を胸に当てた。「彼はわたし以上に入退院を繰り返してたの」

「それはお気の毒に。ご病気だったんですか？」

「本人がくわしく話したがらなくて。でも、驚くことに、わたしが結婚した夫の数よりも、彼が受けた手術の数のほうが多いんだから」

その言葉にマリアは噴き出した。キャサリンは言葉の使いかたがうまい。ちらりと目をやると、トッドが振り返り、コーヒーを持ち上げてほほ笑んだ。まんまと三杯目のコーヒーを無料で手に入れたようだ。

突然、遠くの金切り声がカフェに響きわたった。

マリアは最初、子どもの声だと思った。幼い子どもの歓声には慣れている。このクルーズ船に乗ってからはとくに。

でも、いまの叫び声はそれとはちがう。

しかも、止まらない。最初の甲高い声に、別のいくつかの叫び声が続いた。

大きな声。

低い声。

子どもの声にしては低すぎる。

成人男性の悲鳴に聞こえた。

マリアはくるりと振り向いた。スティーヴと子どもたちは巨大なチェス盤のそばに立っている。まだそこにいる。まだ無事だ。

反対の方向から金切り声が響きわたった。プールデッキの反対端のどこかからだ。ホットタブの近く。カフェにいる全員が首をめぐらせ、なんの騒ぎか見ようとした。

悲鳴が止まらないので、不安が広がりはじめた。マリアの周囲で、人びとがパニックに陥りはじめた。家族連れが一様に小走りでカフェから出て、なんだかわからない騒ぎから逃れた。人びとが我がちに逃げ出すと、椅子同士がぶつかってひっくり返った。

カウンターにいたトッドがマグカップを放りだすと、カップは床に落ちて割れた。彼は愛想のいい老婦人のところへ駆け戻り、車椅子のハンドルをつかんで、あっという間にこの場を占領した危険な状況から離れた。

なにが起きているのかわからず、カフェにいた全員が駆けだした。騒ぎの源から遠ざかるほうへ。

だが、すぐに、なんの躊躇もなく、マリアは悲鳴のするほうへ向かって走っていた。

28

リースは、まさに飛ぶようにして階段を駆け下りた。腰のトランシーバーが繰り返し鳴っている。必死で彼を呼んでいる。だが、応答する必要はない。逃げてくる乗客の群れとすれちがうので、向かうべき先は正確にわかった。

リースが最初の不吉な悲鳴を聞いたのは、デフォレスト船長に報告するために船橋へ向かう途中だった。それに続く轟くような足音と集団ヒステリーの気配に、リースはすばやく行動に移った。

ホルスターから拳銃を抜いて低い位置、腰の脇で握り、銃口を床に向けて走った。

こちらへ向かってくるおびえた乗客たちの群れを押しのけるようにして進んだ。何人かがパニック状態ながらも彼の制服に気づき、走りながら後方を指差して危険の源を教えた。

リースは人ごみを押し分けて進み、ようやくプールデッキに着いた。

この階全体が完全な混乱状態だった。

母親たちが金切り声をあげて、必死で子どもたちをメインプールから上がらせようとしている。シャワーエリアから飛び出してきた男が濡れた床で足をすべらせて、顔から壁に激突した。

トマス・セントクレアがリースの目の前まで走ってきた。「こっちです！」

彼の表情が千もの言葉を伝えていた。そのどれもがいい言葉ではない。

セントクレアはホットタブの脇の給仕区画へ向かった。ほかの警備員たちは船尾側のデッキに立って、乗客たちを避難させようとしていた。

リースとセントクレアが角を曲がると、愕然とした乗客たちがなにかを取り囲んでいた。見えざる力によってその場に植えつけられ、足に根が生えたかのように、その場に立ち尽くしている。泣きじゃくっている者もいた。短い悲鳴を断続的にあげている者もいた。

「下がってください！」リースは輪の中央になにがあるのかわからないまま叫んでいた。「下がって。早く！」

肘で押し分けて進み、ようやく輪の中央に入った。目の前に、業務用のソフトクリームマシンがあった。乗組員が脚立のてっぺんに立って、マシン上部のふたの開いているタンクを見下ろしている。

あの制服は整備係のようだ。

リースは甲板に目を転じた。

人の輪の中央に、アイスクリームにまみれた円筒形のものが置いてある。

あれはなんだ？

リースは、もっとよく見ようと目を細めて慎重に近づいた。

嘘だ。

そんなはずがない。

だが、そうだった。

切断された腕だ。

小さい。細い手首、繊細な指。プールデッキの真ん中にむき出しにされている。衆人環視のなかに。

腕をおおう溶けかけのバニラアイスは真珠のような乳白色だ。紅い色が交じっている様子はない。

一滴の血も交じっていない。

リースは、目を大きく見開いている整備係に目を戻した。

「いったいなにごとだ？」とたずねた。「なにがあった？」

整備係は立ちすくんでいる。凍りついている。口をぽかんと開けたままで。どう見てもショック状態だ。

リースは彼のつなぎの襟をつかみ、床に引っぱり下ろした。

「わ、わ、わかりません！」ようやく整備係がもつれる舌で答えた。「おれは、え――そこに、え――詰まってて――マシンになにか詰まってて。おれはそれを引き出しただけだ。そうしたら――」

「そこをどけ」リースは命じて、彼を乗客たちのほうへ押しやった。「おれから見えるところに立ってろ。セントクレア、この男をつかまえておけ」

セントクレアは、ぼうっとしている整備係の両肩をつかんでまっすぐに立たせた。

「整備係を呼んだのはだれだ？」リースはどなり、群衆を黙らせた。「だれが呼んだ？」

女性乗組員がおずおずと手を挙げた。まわりの乗客たちが横へどいたので、リースは彼女の姿がはっきりと見えた。名札とベストを見て、食事係の一員だとわかった。

「動くな。ふたりともここにいろ」

彼女はわっと泣きだした。すぐさまセントクレアが両手でそれぞれふたりをつかんだ。

「では、全員、うしろへ下がってください」リースは指示した。「お願いします。うしろへ下がって！」

全員が彼の指示に従った。

リースは脚立の一段目に足をかけ、体を支えるべく脚立の両脇をつかんだ。一段ずつ慎重にのぼる。

最上段に着くと、深呼吸をして午前中の冷気を吸い込んでからタンク内をのぞき込んだ。

大きなタンクのなかで、アイスクリームと手足、髪がかきまわされていた。

胴体。

肩。

太もも。

子どものばらばら死体がソフトクリームマシンのなかにでたらめに詰め込まれていた。

小さな足が絡まったかきまぜ棒のひとつがちゃんと動かず、アイスクリームのしぶきをタンクの縁まで跳ね上げた。

思わず身を引いたリースは脚立から落ちそうになった。

胆汁が込み上げた。

吐き気を抑えた。

またしても殺人事件だ。

また子どもが死んだ。

リースは呆然と脚立を下りた。視界が真っ暗になりそうだ。目の端に、見覚えのある顔がふたつ、群衆を押し分けて近づいてくるのが見えて、リースは我に返った。

ヘンドリックスをすぐうしろに従えたデフォレスト船長だ。リースは背筋を伸ばし、息を呑んだ。平静を取り戻した。

「全員、ここから立ち去ってください」リースは声を張り上げた。「乗客のみなさんは船室に戻って鍵をかけてください。乗組員は、いますぐ各自の持ち場へ戻れ」

すぐにはだれも動かなかった。群衆のおびえた目がデフォレスト船長に注がれて、彼の指示を待っていた。

「聞こえたでしょう」デフォレスト船長は言った。「さあ、動いて」

ヘンドリックスがすぐさま行動を起こし、残っていた乗客と乗組員にこの場を離れて船尾側の階段へ向かうようにと指示した。

セントクレアは整備係と食事係をつかんだままだ。整備係も食事係もショック状態に見えた。どちらも当面の容疑者ではないとリースは考えているが、確認する必要はある。

デフォレスト船長がリースに近づいた。「ここでいったいなにが起きているんだ、リース？」

くそっ。

リースは認めたくなかった。それ以上に、自分の管理下でこんな事件が起きたことが気に入らなかった。

マリア・フォンタナの言ったとおりだった。

船長に体を近づけ、耳もとで声を低めて告げた。「船長、ただちに全船封鎖が必要です」続く言葉をほかのだれにも聞かれないようにと祈った。「船内に殺人者がいます」

29

　マリアたち一家は乗客の群れにまぎれて移動した。船全体が純粋な混沌状態と化していた。混乱と恐怖が支配していた。各階に配置された警備員たちは突如として交通整理員になったかのように、腕を大きくまわして乗客たちに船室へ戻るよう冷静に誘導していた。自分の階へ安全に戻ろうとする何百もの乗客が階段にひしめいていた。

「拳銃を持ってるやつがいる！」

「爆破予告があったらしい」

「ちがう、ちがう。ただの避難訓練だよ」

　船尾側の階段では、プールデッキから離れる乗客たちのあいだで噂が飛び交っていた。だが、マリアは真相を知っていた。あの場にいたから。ソフトクリームマシンから引っぱり出されたばかりの切断された腕を見たのだ。リースが現場に到着するのを目にした。なにが起きているのかを正確に知っているという、おそろしい実感。

あいつがいる。

バトラーが。

かくれんぼはやめたらしい。

マリアとスティーヴは、子どもたちをそれぞれしっかりと抱きしめて急いで階段を下りていた。マリアは瞬間移動で陸地に戻りたいと思った。子どもたちとワイアット・バトラーが同じ場所にいると考えただけでぞっとする。それでも、アドレナリンのおかげで動いていた。十二階に達し、角を曲がった。

スピーカーから船長の声が轟いた。「乗客のみなさん、冷静かつ整然と船室に戻ってください。パニックを起こさないでください」

「なにが起きているの？」群衆のなかからひとりの女が船内放送システムにどなり返した。

「繰り返します。乗客のみなさん、船室へ戻ってください。HMSアトランティア号の乗組員は各自、集合場所へ。チャーリー、チャーリー、チャーリー」

マリアは〝チャーリー、チャーリー、チャーリー〟という符号がなにを意味するのか知らないが、さっきの場面を考えれば容易に想像がつく。リース警備員に連絡を取る必要がある。なんなら船長にも。知っていることを残らず話すために。

でも、クロエとクリストファーがいる。

この子たちには安全でいてもらわなければ。

ふたりの安全を確保することがマリアにとってなによりの優先事項だった。バトラーを止めるのは、あと何分かあとでかまわない。

この子たちにはなんとしても安全でいてもらわなければ。

ソフトクリームマシンのそばで最初の悲鳴があがった瞬間、スティーヴはすばやく行動に移っていた。マリアが三人のもとへ戻る前に、子どもたちを抱き上げて現金払いのバーのカウンターのかげに押し込んでいた。そこでマリアを待った。家族そろって船室へ戻ることができるように。

「ママ?」クリストファーが呼んだ。

息子の声がマリアを現実に引き戻した。クリストファーがそう呼ぶのは困ったときだけだ。〝ママ〟。まだよちよち歩きのころの、なつかしい呼びかた。

「なあに?」マリアは答えた。

「この船……沈むの?」

「沈まないわ。ほら、黙って。大丈夫。わたしたちは大丈夫よ」マリアは息子の頭を胸もとに引き寄せて髪をなでてやった。その横でクロエが静かに涙を流している。片手でスティーヴのTシャツをつかみ、不安げにもう片方の手の爪を嚙んでいる。

「いいか、ふたりとも」スティーヴが言った。「もう大丈夫。大丈夫だ」

混み合った階段に、ほかの声を圧して響く声があがった。「パトリック？　パトリック？」

マリアは前方の踊り場でそう叫んでいる女の姿を認めた。階段の上方へ向かって大声で呼んでいる。だれかを探して。女がそこで立ち止まったせいで流れを停滞させられた乗客たちが怒っている。

「おい、止まらずに進めよ」

「パトリック？」女は絶望の色が強まった声でまた叫んだ。

マリアの心が沈んだ。ソフトクリームマシンのタンクから引き出された腕を見たのだ。小さかった。きっと子どもの腕だ。この女の息子の腕ではないようにと祈った。

「ママ！」

少しして、階段のてっぺんに幼い子どもが現われた。マリアは頭をめぐらせて、女が階段を駆け上がって息子を両腕で抱き上げるのを目で追った。

階段にはごみが散らばっている。脱げてしまったビーチサンダル、落とした帽子。マリアの脳裏に法廷で見た光景がよみがえった。各犯罪現場に、不似合いな衣類が置かれた異常な光景を。

あの男は、自分にとって完璧な環境を作り出した。

子どもたちが親とはぐれている。

完全な無秩序状態。大混乱。マリアは確信した。

バトラーはまた事件を起こす。

自分を抑えることができないはず。

もう一階分下りて、永遠とも思えるほど長い時間のあと、マリアたちは九階に着いた。

恐慌をきたしてまちがった通路に走り込む乗客の数を最小限にとどめようとして、警備員ふたりが各袖通路の部屋番号を大声で叫んでいる。

スティーヴとマリアはほかの乗客たちとぶつかり合いながら進んだ。もともと、船室階の通路は細くて窮屈に感じられる。しかも息苦しいほど狭い。それがいまは、家族連れが先を争うように自分の船室に入ろうとするせいで、通路全体があるＲＰＧゲームに出てくるフローティング・トゥームの世界のようだ。

ふたりは盾のようになって双子を守り、現在地から九二五号室までのあいだにいる連中の横を駆け抜けた。最後の家族連れの脇をすり抜けた。

マリアはスロットにカードキーを挿し、ドアハンドルのライトが赤から緑に変わるのをやった。

見届けた。ドアを開け、双子を急いでなかへ入れた。スティーヴが最後に飛び込むと同時にマリアがドアを閉めた。マリアはそのまま一気にかんぬきをかけ、ドアチェーンもかけた。

室内は出ていったときのままに見える。なにもかも、置いていったままの位置にある。午後に入る予定だった船室清掃がまだまわってきていなかったのだ。マリアは壁に掛かっている時計を見上げた。

午前十一時七分。

マリアはバルコニーへ通じるスライド式ガラスドアのところへ行き、ブラインドを引き下ろした。スティーヴが小さいほうのベッドルームへ飛んで行ってカーテンを閉じ、早足でマスターベッドルームに入って同様にカーテンを閉じた。

とうとう、船室という安全な場所に着いてほっとした双子が泣きだした。こらえていた涙が堰を切り、ふたりは身を震わせて泣いていた。クロエもクリストファーもソファの上でボールのように小さな身を丸め、恐怖と混乱で身震いしている。

「ほらほら、もう大丈夫。大丈夫よ」マリアはふたりの前に膝をついた。ふたりの背中にそれぞれ手を置いて、やさしくなでてやる。「これで安全。あなたたちは安全よ」

だが、なにかがちがう。

バスルームのドアだ。

閉まっている。ぴたりと閉まっている。

子どもたちにかけた手がたちまちこわばった。

ここを出るとき、閉まってた？

「スティーヴ」マリアは小声で呼んだ。「スティーヴ。こっちへ来て」

彼がマスターベッドルームから飛んできた。「なんだ？　どうした？」

マリアはなにも言わずに顎先でバスルームを指した。スティーヴはドアをちらりと見やり、マリアの不安を瞬時に理解した。

マリアは口だけ動かして彼にたずねた。閉めた？

スティーヴは一瞬、眉間に皺を刻んで考えたが、すぐに声に出さずに答えた。覚えてない。

マリアはソファの子どもたちとバスルームのドアのあいだに身を置いて、バスルームのなかにいる物だか人だかからふたりを守ろうとした。

スティーヴがキッチンカウンターのところへ行き、音を立てないようにして室内電話機のプラグを抜いた。重い架台を頭上に持ち上げ、電話機を武器のように構えて、ゆっくり慎重な足どりでバスルームへ向かった。

マリアの胸がばくばくした。警戒態勢を保つ必要がある。スティーヴと電話機では不充分だった場合にそなえて。

スティーヴは一気にバスルームのドアを開けた。勢いよく開いたドアが反対側の壁にぶつかった。

バスルームは空《から》だった。シャワー室のドアは開いたまま、便器のふたは上がったままだ。たぶんクリストファーだろう。

マリアはスティーヴと安堵のため息を交わした。封鎖中は子どもたちといっしょにソファの上で丸まって時間を過ごしたいが、そうはいかないとわかっていた。今回の件で、果たすべき役割がある。確実にわかっていることがひとつある。

これはまだ終わらない。

決して。

あの男はまだ目的を果たしていない。

30

プールデッキ全域が蛍光黄色の立入禁止テープで封鎖されている。一時間足らず前には楽しみとくつろぎを得るための場所だったのに、たちまち本格的な犯罪現場へと変わっていた。

リースはホットタブのまわりを行ったり来たりしていた。時間だけが彼の貴重な資源だ。この子を殺した人間、こんなまねをした人間は、死体をわざとソフトクリームマシンに放り込んだ。この船のなかでもっとも人が集まる場所のひとつに、意図的に。

犯人はおれたちが死体を見つけると知っていた。

おれたちに見つけさせたかったのだ。

リースはその事実にあらがっていた。マイアミでの警察官時代の経験から、公の場における犯罪行為はもっと大きなメッセージの一部にすぎないことが多いと学んでいた。まずフィンチの切断頭部。警備チームだけが発見できる、錠のかけられた船室に置かれていた。

次に、疑惑を招く子どもの船外落下。そして、今回の事件。殺人者はどんどん大胆になっている。

スピードが重要だ。

うまくいけば、全船封鎖によって殺人者の次の計画——それがなんであるにせよ——を遅らせることができる。

リースはヘンドリックスをオペレーションルームへやり、シフトを無視して警備チームのできるかぎり多くの班を集めてもらった。まずはクルーズ会社に、次にアメリカおよび英国の沿岸警備隊に連絡するように指示した。そのあとでアメリカの連邦捜査局《FBI》と英国のＭＩ５に通報する。クルーズ船内で殺人事件が発生した場合の手続きは、とにもかくにも曖昧だ。アトランティア号で勤務するようになって十年間、リースは一度も殺人事件に遭遇したことがなかった。マイアミ警察時代のおそろしい日々からのありがたい息抜きだった。

クルーズ船での死の大半は典型的な原因による——心臓発作、脳卒中、急性アルコール中毒、持病。だが、こんなまがまがしい事態は未知の領域だ。得られるかぎりの協力が必要だった。

それにより、本件が国際的な事件になってしまうとしても。

警備員の大半が、乗客たちを安全に船室へ戻すのに手を取られるため、犯罪現場に残ったのは選ばれた者たちだけだった。トマス・セントクレアと、彼よりも若いカール・リスタッドが、ソフトクリームマシンを慎重に解体していた。ボルトをはずし、細心の注意を払って金属板を一枚ずつ剝がしていく。

ほかのふたり——ティミンズとシアー——は、もっと厳しい作業をしていた。ふたりは近くの床にビニールシートを広げ、切断された腕をそっと置いた。ソフトクリームマシンから引っぱり出されたばらばら死体を正しく配置するのが彼らの任務だ。ゆっくりと、だが確実に、ばらばら死体が形になってきた。まずは胴体。次に骨盤。上腕。脛と足。太もも、前腕。

この死体は少女だ。

どの部位も、溶けたアイスクリームにおおわれている。

見たところ、十四、五歳。

くそっ。

「主任……」

リースは左に目を向けた。トマス・セントクレアが隣に立って、アイスクリームまみれのラテックス手袋を引っぱって脱いでいた。

「現時点で、死体から指紋を採取するのは不可能かもしれません。しかも、ソフトクリームマシンは乗客たちが連日さわっています。指紋を採取する意味がありますか？」

リースは無言でうなずいた。腹のうちでは、この犯人を捕まえるうえで指紋は身元特定の役にも突破口にもならないだろうと思っていた。

ティミンズがタンクから少女の死体の最後の一部を取り出してビニールシートに置くと、デッキ全体が沈黙に包まれた。リースの背筋に震えが走った。

少女の頭部だ。

絡み合った髪とアイスクリームのかたまりのせいで、目鼻立ちがぼんやりとしか見えない。だが、輝くような鮮やかな緑色の瞳ははっきりとわかる。瞼を開けたままステープルで留められているからだ。ひょっとすると、まだ生きているあいだに……

神のご慈悲を。

少女の全身がそろうと、現場にいる全員が不快感を覚えた。リスタッドは空《から》えずきをして胃のむかつきを伝えた。シアの顔は色をなくしている。

部下の大半はよくコンサート会場の警備をしている。コンベンション会場。コミコン会場。この船を降りれば、彼らはどこにでもいる警備員にすぎない。ひとりなど、ディスカウントスーパーの〈ターゲット〉でパートタイム勤務をしている。彼らが目下の任務——

殺人者をつきとめて犯行を止めること——に対する心構えがないことはリースにもわかっている。だが、このチームを団結させる必要があった。

とはいえ、彼らのつらさも理解できる。痛感できる。リースは初めて死体を目にした瞬間のことを覚えている。警察官になってまもないころだった。車の衝突事故。単独事故だった。巨大な松の木にスポーツカーが巻きつくほどの事故を起こしたドライバーは、ねじ曲がった金属の山に押しつぶされ、血を流していた。二十年も前のことなのに、リースは死体のすみずみまで詳細に覚えている。あの光景が脳裏に焼きついているのだ。

それに、マイアミの警察官として最後に担当した事件のことも覚えている。警察官を辞めるきっかけになった事件を……

31

十一年前……

まだ昼前だというのに、マイアミでは気温が三十六度を超えていた。

警察官のリースと、パートナーのアナリス・マイクルズは、〝モデル・シティ〟という別名を持つリバティ・シティ地区――市内でも荒れた危険な地区につけられた皮肉な名称だ――五十一番通りでの家庭内《D》暴力《V》の捜査に向かっていた。

同じ女性から、この数カ月で三回目の緊急通報だった。

二十八歳のイザベラ・フェルナンデス。九歳のエマと五歳のエイデンの母親。つきあったり別れたりを繰り返しているボーイフレンドで、二児の父親でもあるアレックス・マーティンはくず野郎だった。アルコール依存にヘロイン依存。暴力をふるってイザベラを二度、病院送りにしている。

だが、アレックス・マーティンのようなDV男はべつにめずらしくはない。現にリースは、この六カ月に少なくとも十人もの同様の男に対処してきた。それが悲しい現実だ。残念ながら、マイアミのような大都市においてはよくあることなのだ。愛してくれる女を虐待し、暴力をふるう愚かで見下げ果てた男ども。リースにはとうてい理解できないことだった。

リースとマイクルズが司令係から連絡を受けたのは、近所で不法侵入の訴えについて捜査しているさなかだった。数分後、ふたりは通報のあった家の前にパトロールカーを停め、灼熱の日差しのもとに降り立った。隣接するリトルハイチ地区から聞こえてくるララドラムと耳ざわりなギターの音が通りに響いていた。暑いが、気持ちのいい日だった。楽園と言われる街のいつもと変わらぬ一日。上空に広がるターコイズブルーの空は、もうひとつの海のようだ。

リースとマイクルズは玄関前のぐらぐらする木製の階段をのぼった。木造家屋の隅という隅に黴が生えている。二年前に街を襲ったハリケーンのあと、まったく修理されていないようだ。マイクルズはタクティカルベルトにつけた拳銃の台座に手のひらを置いた。

ふたりは玄関ドアの前で足を止めた。ペンキの剝げかけたドアに耳を押し当てるようにして、しばし耳をすました。

物音がしない。

リースは拳でドアを三度ノックした。「こんにちは。マイアミ警察です。だれかいますか?」

しばし時間が過ぎた。

家は静まり返っている。

「こんにちは。ミズ・フェルナンデス?」

リースはドアノブに手を伸ばし、まわそうとした。まわらない。

錠がかかっている。

「警察だ。開けなさい」

応答はない。

リースとマイクルズは視線を交わした。

よくない徴《しるし》だ。

ふたりは同時に拳銃を抜いた。リースが改めてドアノブに手を伸ばそうとした瞬間、家のなかから物音が聞こえ、リースは手を止めた。

ドスン。

すぐにまた、ドスンという音。

続いて悲鳴。

リースは粗末な玄関ドアに肩から体当たりをくらわせた。

ドアが壊れて開いた。

悲鳴はリビングルームの隅から聞こえる。子どもたちだ。幼いエマとエイデン。声をかぎりに叫んでいるふたりの頬を、滝のように涙が流れ落ちている。ソファの角と壊れたフロアランプのあいだに入り込んで、いつも以上に体を小さくしようとして縮こまっている。

床の上で激しい戦いが繰り広げられていた。男と女が口汚くののしり合いながら取っ組み合っている。あいだにあるなにかをつかもうとして、たがいに拳を振りまわし、引っ掻き、目を狙い、蹴り合っている。

「動くな!」マイクルズがどなった。「動くな! 見える位置に両手を上げろ」

マイクルズの声に気を取られた男のすきを突いて女が顎にパンチをくらわせたので、男は何センチかうしろへよろめいた。

そのわずかな空間から、女は目当てのものをつかんだ。

イザベラがゆっくりと床から立ち上がったので、リースは初めてその姿をとくと見た。

全身があざだらけだ。これまで扱ったどんなDV事案よりもひどい状況だ。右目のまわりが腫れ上がっている。鎖骨の周辺には血の紅い斑点や傷口。腕の見えている部分も、数センチおきにこぶのように腫れている。目の上の切り傷と、下唇の割れた箇所から、鮮血がしたたっている。骨が何本折れているかはわからない。

目に異常な光をたたえている。

心の限界、我慢の限界を超えてしまったのだ。

いま、彼女は断固たる態度を取っていた。グロック41の銃口をアレックスに向けている。落ち着かなげな足は震えているが、手に持った拳銃は揺らぎもしない。床にうずくまっている情けない男をひたと見すえている。

「助けろよ！　くそ女がおれを殺そうとしてるだろ」アレックスがリースのいるほうへ向かってどなった。

「もういや……もういや……もういや……」イザベラはアレックスに銃口を向けたままつぶやいている。標的から目を離さない。その目は獲物を狩るハンターのようだ。まるでアレックスが野生動物であるかのように。

リースは腕を動かし、銃口をイザベラに向けた。万一、彼女が向き直ってリースあるいはマイクルズに銃を向ける気になった場合にそなえて。

「武器を捨てろ。いますぐ」リースは命じた。

部屋の隅から聞こえていた子どもたちの悲鳴がむせぶような泣き声に変わっていた。

だがイザベラはぴくりとも動かない。じっと前を見つめている。集中して。一心に。無理もない、とリースは思う。繰り返される虐待をいやというほど見てきた……とはいえ、リースは警察官だ。自分から見える小さな彼女の目の奥をのぞき込んだ。うつろだ。怒りに目がくらんでいる。

「イザベラ」リースは穏やかな口調に切り替えた。「イザベラ。拳銃を捨てなさい。今日はだれも撃たれてほしくない」

反応なし。

「よく聞くんだ、イザベラ」リースはやさしい声で続けた。「その男は刑務所行きだ。約束する。そいつを刑務所で朽ち果てさせるんだ。きみまで刑務所に行く必要はない」

彼女は動かない。

「撃つな、イザベラ」リースは彼女のほうへ腕を伸ばした。

彼女が引き金を引いたとしても気持ちはわかるが、願わくは……

イザベラの腕からようやく力が抜けた。腕を膝に落とすと同時に拳銃が床に落ちた。彼女は疲れたようにぐったりと床に崩れ落ちた。

次の瞬間、マイクルズが床の拳銃に飛びつき、リースがアレックス・マーティンに飛びかかった。彼を床に押しつけた。大声で悪態をついているアレックスに手錠をかけ、壊れた階段を引きずり下ろしてパトロールカーの後部座席に放り込んだ。

ほかのパトロールカーと救急車が応援に駆けつけた。

ようやくその家から出ると、リースはパトロールカーのバックミラーで母子を見てから五十一番通りをあとにした。イザベラは玄関ポーチに立っていた。睨みつける目は、先ほどと同じくうつろだった。足を引きずるようにして、子どもたちとともに朽ちかけた家に入っていった。

そして……

二カ月後、保釈されたアレックス・マーティンはその足でイザベラの家へ行き、母子三人を殺害した。

リースは、あの夜最初に現場に駆けつけた警察官のひとりだった。通り全域が封鎖されていた。通報が入ったのは午前零時過ぎ。リースはできるかぎりパトロールカーを飛ばした。サイレンが鳴り響き、家の周囲の空が赤と青の光で満ちていた。

リースはリビングルームの血まみれのラグを見下ろした。イザベラは四発くらっていた。腹部に二発、逃げようとした背中に一発、頭にとどめの一発。左右の腕で死んだ子どもたちをそれぞれ包み込んでいた。子どもたちはどちらも頭にひとつだけ銃痕があった。別の班が数ブロック離れたところで、現場から逃亡したアレックス・マーティンを逮捕した。

当然、くそ野郎は犯行を否認した。
リースは子どもたちの亡骸を見つめた。
死んだイザベラの目の奥をのぞき込んだ。
翌日、マイアミ警察を辞めた。

32

十一年も前のいたましい瞬間を頭から振り払い、圧倒的なうしろめたさを拭い去ろうと努めるうち、リースの意識が現在に戻ってきた。

目の前の新たないたましい事件に集中する必要があった。「聞いてくれ」リースは声を張り上げた。「この船に、娘の行方がわからなくなっている人がいる。その人を探そう。事件のことはおれが伝えるから、口にするな。わかったな？」

警備員の何人かがうなずいた。

リースはオフィスから定期報告を受けていた。全船封鎖を実行してからのこの二十分、子どもがいないという連絡が何十本も入っている。ありがたいことに、ほとんどは連絡を受けてすぐに解決していた。わが子がすでに船室に戻っていることに気づかずに、あるいはいっせいに移動しているさなかにはぐれたりして、取り乱した親からの連絡だったからだ。だが、この船のどこかに、二度とわが子に会えない親がいる。

リースは部下たちを見渡した。

とにかく人手が足りない。

コーヒーバーの横、死体を発見した整備係と食事係がまだ拘束されている場所に目が向いた。ふたりとも動揺しているようだ。すっかり参っている。だが、ふたりには質問に答えてもらわなければならない。リースは整備係のところへ歩いていった。

「あれに近づくことができた人間を教えてもらえるか？」

「どういう意味ですか？」

「きみ以外に、ソフトクリームマシンを開ける鍵を持っているのはだれだ？」

「鍵？　いや、あれは……ふたを持ち上げるだけですよ」

「ふたを持ち上げるだけ？」リースはおうむ返しにたずねた。「だれでも、あれになにか入れることができたということか？」

整備係がおずおずとうなずいた。

リースは拳を壁に叩きつけたかったが、平静を保った。この件の捜査には、平静でいることが必要なのだ。防犯カメラを探した。遠くに一台だけ、デザートコーナーを向いているカメラがある。遠すぎて、映像を見てもなにもわからないかもしれない。だが、試す価値はある。一刻も早く、あのカメラの映像を手に入れたい。

「清掃であれ、アイスクリームの補充であれ、修理であれ、ソフトクリームマシンに近づいたスタッフ全員のリストが欲しい」

ようやく現場に到着した医療チームの面々が、ソフトクリームマシンと、溶けかけたアイスクリームにおおわれたままの少女の死体を調べていた。

リースは医療チームのリーダーでごま塩頭の年配男、ドクタ・ザカリー・クレイマンに近づいた。「なにがわかった、ドク？」

「そうだな。死体は完全に血を抜かれていた。マシンにも血の痕跡がまったくない」クレイマンが簡潔に言った。

くそ。フィンチの死体と同じだ。

「血を抜いたのは生きているあいだだったか死んだあとか、わかるか？」リースはたずねた。

「正直言って、解剖してみないことにはなんとも」クレイマンが答えた。「よく調べる前に、ご遺体をきれいにするのに何時間かかかるな」

この犯罪現場から大量の血がなくなっているのは確かだ。まだ船外に捨てられてなければ、血液を見つけることが調査の突破口になるかもしれない。

あの娘が血を抜かれた場所を見つけることができるかもしれない。血痕。一滴の血。なにか見つかれば。

「それと、もうひとつ」クレイマンが言い足した。「このように四肢を切断するには、次の三つが必要だ。経験、正確さ、道具。犯人は前にも同じことをやっている」

「死亡推定時刻は？」

「そいつが厄介かもしれない、ジェイク。死亡直後にソフトクリームマシンに放り込まれたとしたら、冷却されたことにより、ある程度は保存されたかもしれない。四肢の一部に死後硬直が見られるが、それは死後四時間もすれば現われる現象だ。しかも、冷却されたことで進行が速まる」しゃがんでいたクレイマンが立ち上がった。「死亡したのは今朝かもしれない。昨夜かもしれない。ずっとアイスクリームマシンに入れられていたとしたら、一週間前ということもありうる」

「手がかりをくれ。頼むよ、ザック」

「言ったとおり、階下の解剖台に運ぶまではなにも明言できない」

ヘンドリックスがリースの肩を軽く叩いた。

リースはくるりと向き直った。「どうだ、だれか捕まえたか」

「アメリカからも英国からも遠すぎて、どちらの沿岸警備隊もヘリコプターを出せないそうです。自力で戦うしかないの、ジェイク」

くそ。

「FBIは？　MI5は？　なんでもいい」

「どちらも、この船が着岸するまでできることはなにもないそうです。死体の保存と、自分たちが徹底的な捜索を行なえるようになるまで全船封鎖を維持してほしい、と」

それでは手遅れになるおそれがある。この人でなしがまた犯行に及んだらどうなる？

「どうすればいいと思います？」ヘンドリックスがたずねた。

リースに選択の余地はなかった。やるべきことは明白だ。この捜査にはさらなる人手と経験を積んだ人間が必要だ。これ以上、乗客が死ぬ前に犯人を見つけ出す必要がある。

「引き返すことはできるだろうか？」リースは疑問を口に出していた。

「引き返してどこへ行くんだ？」背後からデフォレスト船長がたずねた。「船は大西洋のど真ん中にいるんだぞ、リース。殺人者はこのタイミングを狙ったんだ。アメリカと英国のほぼ中間地点。どっちへ向かうにせよ、六日はかかる」

リースはこの状況に完全に打ちのめされていた。

「というわけで、ミスタ・リース」船長が辛辣な口調で続けた。「どうすればいいと思う？」

「腹蔵なく言えば、この捜査にはいまある以上の人的・物的資源が必要です」

「だが、きみたちしかいない。したがって、この凶暴な犯人を見つけ出し、犯行を止めるために必要なことはなんでもやれ、リース」

リースは船長にうなずいた。「はい。そうします」

「主任！」ソフトクリームマシンのタンクに立てかけた脚立の上からリスタッドが呼んだ。「まだなにかあります」

リースは解体されたソフトクリームマシンの残骸のところへ駆けつけた。リースが脚立をのぼりだすと、リスタッドが脚立の上で少し横へ寄った。リースはタンクの底をのぞき込んだ。

供給用容器の下で、丸められた衣類がアイスクリームにまみれている。

リースは医療チームのひとりに合図した。「鉗子を貸せ」

タンク内に手を伸ばし、鉗子で衣類のひとつをつまみ上げた。

男児用のトランクス水着だ。

リースがそれを渡すと、シアが防水シートの上に置いた。リースはまたタンク内に手を伸ばし、別の衣類をつまみ上げた。

女児用のツーピース水着がしっかりと結ばれている。見たところ、被害者のものにしては小さすぎるようだ。

水着はどちらも、もっと小さい子どものものだ。もっと年の小さい子どもの。

リースは脚立の上で気を静めた。昨日マリアと交わした会話が脳裏によみがえった。

〝偶然にしてはできすぎだから〟

〝次の犠牲者を示す予告状として〟

「ヘンドリックス！」リースは急いで脚立を下りながら呼ばわった。「ヘンドリックス！」

彼女がすぐに飛んできた。「はい」

リースの両手は脇で拳に握られていた。船を引き返させることはできない。応援は来ない。手づまりだ。殺人者のいる船で、お手上げ状態だ。

だが、この船には、答えをもっと見出せるかもしれない人間がひとりだけいる。

「九二五号室へだれかやってくれ。至急だ」

ヘンドリックスは眉根を寄せた顔で見たが、リースは断固たる態度を崩さなかった。

「マリア・フォンタナを連れてこい」

33

オペレーションルームに入り、マリアはしぶしぶジェイク・リースの向かい側に座った。ヘンドリックスが部屋を出てドアを閉め、ふたりだけにしていた。マリアは空調の寒さに身震いした。ずらっと並んだモニタや山と積まれた書類、通信機器を見まわした。この部屋をつぶさに眺めるのは初めてだが、どこか無秩序な印象を放っている。

「いまはわたしの話を信じてるってこと？」ようやくマリアはたずねた。

リースがうなずいた。「すぐにあんたの意見に耳を貸さなくて申しわけない」

「で、どうしたいの、ミスタ・リース？　わたしはすぐにでも子どもたちのところへ戻りたいんだけど」

「時間は取らせないと約束する」リースはデスクのファイルを手に取り、中身に目を通した。

マリアは婚約指輪をいじった。金属の表面のなめらかな感触に気持ちが静まった。あの裁判のあとの短い期間、幸せだったころの記憶を呼び戻した。すべてが崩壊する前の。クロエとクリストファーとスティーヴの記憶を。

彼らのところへ戻らなければ。

子どもたちが婚約者といっしょに安全な船室に閉じこもっているにもかかわらず、いまこの瞬間、彼らと離れているのはまちがっている気がした。ヘンドリックスに船室から連れ出される前に、どうにか有利な駆け引きを行なっていた——船室のドアの前に警備員を立たせてくれなければリースと会うことを拒否する、と主張したのだ。

ヘンドリックスはむっとしたものの、すぐにトランシーバーで応援を呼んだ。警備員がすぐさま九二五号室まで駆けつけて、マリアがリースと会っているあいだ立ち番をすると約束した。

それでマリアはいくぶん安心したのだ。

「ミズ・フォンタナ」リースが言った。「ご賢察どおり、残念ながらこのところ船内で起きている事件を考えると、あんたの言ったとおりかもしれないと考えるようになった。この船で、バトラーの手口と完全に一致する犯罪が起きている」

「だと思った。ソフトクリームマシンから気の毒な少女が引っぱり出されたとき、わたしもプールデッキにいたの」

「だが、あんたが見てないものもある」

彼が次に口にするであろう言葉にびくびくしてマリアの心拍が急上昇した。

「ソフトクリームマシンの底から」彼が説明した。「衣類を見つけた。子ども用の。あの被害者のものではなかった」

次の標的を示す予告状。

マリアは彼の打ち明けた事実に、ぐっと唾を飲み込んだ。「では、犯人は次の犯行の用意がすでにできているってことね」

「犯人はわれわれを愚弄しているんだ」

「リース警備員、だから、こんな事態になるんじゃないかと警告したのよ」

「あんたのもどかしさは理解できる」彼は深く長いため息を漏らした。「いいか、おれだってあんたと同じぐらい動揺してる。だが、犯人の次の動きを予測するためにあんたの協力が必要だ。犯人が本当にバトラーだとしたら、あるいは巧みな模倣犯だとしたら、そいつの次の手は？　なぜこんなことをする？　どうやって止める？」

「ねえ、容疑者はいるの？　だれかを引っぱって尋問してる？」

リースは無言でデスクに視線を落とした。事件の壊滅的な影響力について考え込んでいるようだ。

「わたしの言った男は？」マリアはたずねた。「ひとり旅をしてるひげ面の男。あの男と話したの？」

「ああ、話した。会話の詳細は言わないが、彼を信じると言えば充分だろう」

「本当に？　船室を捜索した？　パスポートの確認は？　あの男があなたに嘘をついたとしたら？　もしもあの男が――」

「彼は奥さんを亡くしたんだ」リースがマリアの言葉を遮った。「奥さんを偲んで、毎年同じ週にこのクルーズに来ている。過去の記録で確認した。裏づけが取れている。ミズ・フォンタナ、いいかげん、おれを信用してもらいたい。おれたちの願いは同じだ」

この会話のあいだずっと、リースは温かく誠実な人間に見えた。現在の状況を考えると、可能なかぎり率直に話している。前回の冷淡さとはほど遠い。

マリアは淡い笑みを浮かべた。「じゃあ、どんな手がかりをつかんでるの？」

「ミズ・フォンタナ、この船に乗っている人たちを守るため、ここでの話はいっさい口外しないと固く約束してほしい。気は進まないが――」

「ミスタ・リース、いいかげん、わたしを信用して。わたしたちの願いは同じよ」

自分の言葉をそのまま言い返されたと気づいてリースはうなずいた。彼は続けた。「昨夜、午前三時ごろ、プールデッキの防犯カメラの一台がこれをとらえていた」

彼はモニタをまわしてマリアのほうへ向けた。映像を戻してから再生ボタンを押した。

画面の右上でデジタル表示のタイマーが時を刻んでいる。プールデッキの防犯カメラの暗く粗いビデオ画像を見ると、ホットタブの裏から長身の男が現われた。大きな袋を運んでいるのがわかる。ほぼ真っ暗な夜の闇が男の顔を隠している。肩から袋を下ろしてソフトクリームマシンの脇に置いた。ソフトクリームマシンの横に脚立を置いてのぼりだした。マシンのてっぺんのふたを開けて、袋の中身をタンクに放り込んだ。

袋のなかから古いごみかなにかのように青白い小さな腕や脚が放り捨てられる光景にマリアは縮み上がり、腹の底から吐き気を覚えた。画面に目を戻すと、袋を空にするなり男はふたを閉めて脚立を下り、あとずさりした。ものの数秒で、防犯カメラに映らない位置へと消え去った。

リースがビデオを止めた。

「なるほど」マリアは言った。「ほかのカメラ映像は？　このあとの男をとらえた映像は？」

「それが問題でね。ほかのカメラにはいっさい映ってないんだ。プールデッキへの出入口はすべて防犯カメラが押さえてるんだが。この男はそのどれにも映っていない。どこからともなく現われたんだ」

「どういう意味？」

「まあ見てくれ」リースは、男がプールデッキにいるあいだの別の防犯カメラ映像を再生した。どの映像にも人影は映っていない。「男はこのホットタブの裏から出てきた。だが、それ以前の男の姿はどこにも映っていない。エレベーター乗り場にも。階段にも。男とあの袋はどこからともなく現われたようなんだ」

「男は防犯カメラの位置を知ってるってことね」

「そのとおり」

「男は今回の殺人を前から計画していた。映像にとらえられる位置を正確に知っていたし、どうすれば防犯カメラを避けられるか知っていた。なんらかの通路はあるの？　おそらく防犯カメラに映らなくて、この男が使えそうな通路は？」

「それなら〝ハイウェイ〟が……」

「それはなに？」マリアはたずねた。

「船の深部を走る乗組員専用の通路のことだ。ゼロ階にある。乗客が日光浴をしてるはるか下の階にあるその通路を使って、乗組員は毎日、船内を移動してる。だが、その通路も防犯カメラが押さえてる。その映像も確認した。なにも映ってなかった」

「男が〝ハイウェイ〟を使うことができるとしたら、それはつまり……」

「乗組員の可能性がある」リースは続きを引き取り、そう認めた。「例の裁判以降、この一年のあいだの新規雇用者を調べてみよう。だが、包み隠さず言うと、クルーズ船の乗組員は入れ替わりが速くてね。この船で勤務しはじめて一年に満たない人間が乗組員の半数近く、八百人以上もいる」

彼は食い入るようにマリアを見つめ、反応を待った。

マリアは少し時間を取って、この状況の異様さについて考えた。「まあ、男がどうやって船内を移動しているのかはわからないけど、姿を消す行為については、法廷で示された証拠と一致する。バトラーは、だれにもまったく気づかれずに行動する術《すべ》をどうにかして見つけ出していた。言うなれば変装の名人なのよ。ホテルにチェックインする彼をその目で見た目撃者たちですら、ワイアット・バトラーの外見に関して意見が一致しなかったんだから。だれひとり、彼が殺人犯だと断定できなかった」

「なぜそんなことが？」リースがたずねた。「複数犯だったとか？　共犯者が何人もいたとか？　おれたちが追おうとしているのはバトラーではないのかもしれない。見習いなのかもな。彼の弟子というか」

「その可能性はあるだろうけど」

「けど……そうは思わないってことか？」

「そう。あいつは一匹狼だと思う」

リースはゆっくりとうなずいた。「彼を殺人へと駆り立てるものはなんだ、コロンビア？」

彼がつけたニックネームに、マリアは一瞬だけ頬をゆるめた。「ワイアット・バトラーについて理解したいってわけ？」マリアは大げさにたずねた。「仕事はアンティーク時計の修理。町々をめぐってセールスしてる。正確さというものに執着してる。論理的であることに。ものごとが理にかなった流れをたどることに。たとえば、正確に時を刻む時計。信頼できるし、安心できる。時計の動きは道理にかなっている。完璧。針が正確な動きで次の秒を刻みつづけるから」

「なるほど。で、それがおれたちにとってどんな意味が？」

「彼はものごとを厳密に計画する。最初から最後まで、ひとつひとつの動きも時間も計算している。被害者が住んでいる場所、いつひとりで家にいるか、いつひとりでバス停に立っているかを正確に知っていた。町々をめぐって子どもたちを殺害しながらも、警察の目を逃れる方法、目立たずにいる術を心得ていた」

「子どもたちを狙う理由は？」

「考えてもみて。子どもの思考や行動以上に無秩序なものってある？　子どもは非論理的な意思決定をする。計画性がない。理由もなく人を信用するし、理由もなく嘘をつく。楽しみのために破壊する。彼には子どもが理解できない。だから子どもを嫌悪する。子どもは人間の欠点すべてを体現する存在だというのが彼の考え。この世からそんな無秩序を排除することができれば、すべてが完璧で正確になると感じている。それを成し遂げ、その功績を認められたい。彼にはそれが重要なの」

バトラーの心は深い闇だ。彼の記憶をほじくり返すのは、いつだってつらい。あの裁判の、思い出したくない記憶がよみがえるからだ。彼の手口についてたずねられた記憶が。分析結果や写真に繰り返し目を通した、評議室での思い出したくない体験が。

だが、思い出すのがもっともつらいのはバトラーの心理状況だ。あの男の潜在意識について知り得たことは、胸の奥深くにしまい込んでいる。

「彼はどんなものも時計のように扱うの。計画的に。いたって合理的に。今回の犯行も、計画をすっかり練り上げている。だからこそミスを犯さない。だから、捕まえるのがむずかしい」

「では、前回はどうやって捕まえたんだ？」

「ワイアット・バトラーを捕まえることができたのは、本人がそれを望んだからにほかならない。なぜ捕まりたかったのか？　それはわからないけど」

リースは怪訝そうな顔をした。「だが、捕まえたのは本物の殺人犯ではなかったんだろう？」

マリアは身じろぎもせずに彼を見返した。ふと、取り調べを受けているような気がしてきた。「悪いけど、言ってる意味がわからない」

「ワイアット・バトラーを自由の身にしたのはあんただろう？　あんたは無罪に投票した。あんたの記者会見映像を見た。勇気ある行動だった。そのあとマスコミからとやかく言われるいわれはない」

「だれだってそうでしょう」

「たしかに」

どんな経験だったか、この人にはわからない。あの裁判の陪審員を務めた恐怖も。そのあとの、一家の生活をぶち壊した余波も。

「ここで究極の質問だ、ミズ・フォンタナ。おれが追うのはワイアット・バトラーか、それとも別のだれかか？」

彼が特定の方向へ誘導しようとしているのをマリアは察した。マリアは彼の意図をつかもうとして考えをめぐらせた。なにも答えずに、向こうに口を開かせるほうがいいと判断した。

「本件にくわしい知識を持つだれか」我慢できなくなったのか、リースが言い足した。

「まさか、わたしだなんて考えてないわよね?」

「ほんの一瞬、その考えが頭をよぎった。だが、防犯カメラ映像に映っていたのは、どう見てもあんたじゃない。加えて、その目つき。この犯人を心からおそれているのがわかる。おれは自分の直感を信じている。直感があんたを信じろと告げている」

「だとしたら、なにを言いたいの?」マリアはたずねた。「わたしに話してないことがあるでしょう、ミスタ・リース。それはなに?」

リースはゆっくり長々と息を吸った。デスクのファイルをマリアのほうへ押しやった。

「あんたならわかるはずだ……これは……見るに耐えないものだ」

マリアはゆっくりとファイルを開いた。ベッドに整然と置かれたジェレミー・フィンチの切断頭部の写真。見開かれた死者の目がマリアを見返した。

マリアの喉から音が漏れた。悲鳴とも叫びともつかない音が。両手で口を押さえて押し殺そうとしたが、写真はとてもなまなましかった。知っている相手の切断死体を見るのは初めてだった。こんな感情は予測していなかった。なぜか、法廷で見せられたどんな写真よりもショックを受けた。

「フィンチ?」マリアは息を殺してたずねた。「作家の。あなたたちが八階で見つけたのは彼だったの？」

リースがうなずいた。「そう、フィンチだ」

「どうしてもっと早く教えてくれなかったの？」

「すでに知ってるんじゃないかと思ってね。わかってもらいたいんだが――」

「知るわけないでしょう？　そもそも、これがどうしてこの船に？」フィンチは乗客だったの？」

「ちがう。バトラーであれ模倣犯であれ、犯人はフィンチの切断頭部をこの船に持ち込んだんだ」

「でも、どうしてフィンチを狙うのよ」

「それをあんたに訊きたいんだ、マリア。犯人がフィンチを狙う理由は？　悪評というのがバトラーの動機のひとつだとしたら、自分の犯罪の伝説を強固にしてくれた男をなぜ狙う？　十二週連続で『ニューヨーク・タイムズ』紙のベストセラー・リストに載って……」

「わ、わからない」マリアは言葉につかえ、ポラロイド写真のおぞましい光景から目をそむけた。「考える必要が……」

「考慮すべき可能性がもうひとつある。最後まで聞いてくれ、マリア。この船に乗っていて、バトラー以外に、ジェレミー・フィンチを殺害する動機のある人間は？」

マリアはリースを見返し、ようやく彼の言わんとすることを理解した。「冗談でしょう。スティーヴのことを言ってる？」

リースは唇を引き結んでいるが、目がすべてを物語っている。

「スティーヴの犯行だと考えてるわけ？」マリアは吐き捨てるように言った。「そして、わたしがそれを知っていたと？　頭がどうかしてるんじゃない？」

「いっしょに考えてくれ。この男、ジェレミー・フィンチ。あんたの人生を台なしにしたも同然だ。あんたが記者会見を開き、この男の本が出版されたあと、あんたに降り注いだ批判の嵐。あんたと家族がどれだけ追いつめられたか、想像もつかない。スティーヴが自分の手で対処した可能性もあることは、あんたも認めるはずだ」

マリアは急いでその言いがかりについて検討した。

少なくとも、自分が無実だということはわかっている。妄想症状や不安を抱いているとしても、その点に疑問の余地はない。ほかのだれに対するよりも強い恨みをフィンチに抱いているからといって、彼のむごい死に関与したことにはならない。

だが、リースの言ったなにかが神経にさわった。頭に引っかかった。

〝スティーヴが自分の手で対処した可能性……〟

スティーヴとのあいだの大きなできごとを思い返した。この一年のあいだで、彼がいささか妙なふるまいをしていると思ったときのことを。たしかに彼はいつも風変わりでオタク的な一面があるけれど、だからこそ彼に惹かれた。すべてが幸せだった。人並みに。この船に乗り込むまでは。

と、ずいぶん前にスティーヴが口にした言葉を思い出した。ユニオンスクエアの〈バーンズ・アンド・ノーブル〉書店を立ち去るときにフィンチについて言った言葉を。

〝二度とあの男にきみのこともおれたち家族のことも傷つけさせたりしない〟

両手で椅子の肘掛けを強くつかんだ。

ちがう……ちがう……

そんなはずがない。

「スティーヴと話をした」リースが言った。「あんたたちが出会ったのは裁判のあとだと言っていた。まちがいないか？」

マリアは無評決審理となった裁判のあとの数週間を思い返した。ある夜、仕事を終えて帰宅するとき、地下鉄F系統クイーンズ行きの列車に乗り遅れてしまった。夜のこんな時間だと、次の列車が来るまで一時間近く待つはめになる。もうひとり、人気《ひとけ》のないホームにいたスティーヴからタクシーの相乗りを持ちかけられて、そのあとのことは言わずもがな。あの一瞬、映画の一場面のような気がした。タクシーのなかで笑い合った。ふたりには共通点がたくさんあった。電話番号を交換した。

　こうして振り返ってみると、スティーヴはどこからともなく現われたような気がする。夜中のまったく人気のない地下鉄駅に。そして突然、このひょろりとした男が隣に立っていた。

　でも、リースが言わんとしてるのがそういうことだと、わたしが勝手に思い込んでるだけ？

「スティーヴが？　スティーヴが模倣犯だと考えてるの？」

　その可能性を考えただけでマリアは吐き気を催した。幾晩も彼とベッドに並んで寝てきた。午後にはキスを交わし、家で料理を作って食べた。婚約指輪をまわした。なめらかな表面が、いまは安らぎではなく計画性を感じさせる。

「彼はバトラーの犯行をくわしく知っている」リースが言った。「自分に嫌疑が向かないようにバトラーの手口をまねた可能性もある。個人的な理由からフィンチを殺害。それを隠すために少女を殺害した」

「そんな話、信じない。そんなことはありえない」

「考えてもみろ。スティーヴは、あんたが切断頭部のことをくわしく聞けば即座にバトラーの犯行だと推測すると知っていた。おそらく、それを当てにしてたんだろう。あんたがおれに情報を届けることまで承知してたのかもしれない」

「スティーヴはそんなことができる人間じゃないわ。そんなこと、できっこない」

「おれはこの仕事に就く前、長く警察官をやっていた」リースが窓の外を見やって答えた。「人間にどんなことができるか知ったら、あんたはショックを受けるだろうよ」

マリアは無言で首を振った。

とても信じられなかった。とはいえ、自分の感情をはぎ取って事実に目を向ければ、いかにももっともらしく聞こえる。絶対的な確信を持ってスティーヴを除外することはできないと認めざるをえなかった。

そう考えると恐怖に駆られた。

「世のなかには危険な変わり者がたくさんいる」リースが言った。「この手の連続殺人事件に取り憑かれ、関係者に近づこうとする連中が。あの裁判の陪審員のなかで、あんたは唯一、公に知られた存在だ。スティーヴがそうだと言うつもりはないが、関係者を探してる人間にしてみれば、あんたがいちばん手っ取り早いカモだ。シングルマザーで……」

マリアは目を閉じた。これまで一度も考えたことのない視点だ。愛を見つけた喜びに舞い上がって、スティーヴの気持ちが本物かどうかを疑うこともなかった。たしかに当時は、信じられないくらいすばらしい出会いだと思った。だが、ようやく心の友とも言える理想のパートナーに出会えば、だれだってそう思うのではないだろうか？

昨夜のいさかいを思い出した。部屋にいるように頼んだのに出かけたことを。船内で犯罪が行なわれているあいだ彼がいたかもしれない場所について。

ちがう。そんなこと、信じない。

でも……リースの言うことが正しい可能性がわずかでもあるなら……

その可能性がどんなに小さいとしても……

あの子たち。クロエとクリストファー。彼と船室にいる。

どうしよう。

「子どもたちが」マリアは口走った。

マリアは椅子からすっくと立ち上がり、オペレーションルームを横切ってドアを開けた。リースも席を立ち、ベルトに拳銃ホルスターを手早く取りつけて彼女のあとを追った。

マリアは、涙で目がちくちくしながらも、なんとしても子どもたちを守らなければと必死の思いで九階まで階段を駆け下りた。

34

マリアは九階の通路を全速力で駆けた。足が床を蹴るたびにその衝撃が脚を伝い、痛みの残る腰にこたえた。片手で拳銃ホルスターを押さえたリースが並走している。彼が拳銃を使う必要がないことをマリアは願った。

マリアの船室の立ち番についている警備員は所在なげだ。壁にもたれかかっている。イヤホンをつけて。携帯電話をいじくっている。マリアとリースの足音が近づくと、はっと顔を上げた。

安堵の波がマリアを飲み込んだ。

驚いた警備員がイヤホンをはずした。

リースとマリアはようやく船室のドアにたどり着き、ぴたりと足を止めた。マリアは両手を膝に当てて、深々と息を吸い込んだ。

「出入りした者は？」リースがあえぎながらたずねた。

「いませんよ」警備員はいささか面食らったようだ。「おれはずっとここにいました。変わったことはなにもありません」

マリアはスロットにカードキーを通し、九二五号室のドアを開けた。すぐさまリースが拳銃を抜き、マリアの横をすり抜けて部屋に飛び込んだ。

リビングルームに動くものはない。だれもいないが、揉み合った形跡がはっきりと残っている。コーヒーテーブルの位置がずれ、チェッカーの駒やジェンガのブロックが床に散らばっている。テレビの画面に走る亀裂がはっきりと見える。台の上から落ちて倒れた小型冷蔵庫のドアがかすかに揺れている。

「くそっ」リースが漏らした。

化粧台に置いてあったマリアの身のまわり品が床に散らばっている。あるべき場所に収まっているものはなにひとつない。

嘘、嘘、嘘。

「クリストファー！　クロエ！　スティーヴ！」マリアは散らかった室内で声を張り上げた。小さいほうのベッドルームへ飛んでいく。だれもいない。あわてて起きたかのように、寝具類がくしゃくしゃの状態で床に落ちている。マリアは主寝室に駆け込んだ。やはり、だれもいない。

家族が全員……

消えた。

リビングルームに駆け戻った。必死に手がかりを探した。

リースは引き金に指をかけて拳銃を構えた。「みんなはどこ？」マリアは叫んだ。「なにがあったの？」

ふたたび双子の部屋へ向かおうとしたとき、マリアの目を引くものがあった。途中で足を止めた。壁ぎわで白い布がひらりと揺れた。ここで起きた揉み合いにより、リネンの白いカーテンが棒からはずれて落ちたのだ。外から吹き込むそよ風に持ち上げられたカーテンの布地が宙に浮かび、さざなみを立てた。

バルコニーのドアが少し開いている。

マリアはスライド式ドアのところへ行き、全開にした。

次の瞬間、目の前の状況を見て取った。

脚から力が抜けた。崩れるように膝をついた。ショックのあまり口をぽかんと開けて見つめていた。

スティーヴの生気のない体が、まるでマリオネット人形のようにバルコニーの手すりにもたれかかっている。切り裂かれた喉に乾いた血がこびりついている。一方の耳から反対側の耳まで達する深い切り傷。

こんなの、現実じゃない。現実じゃない。

だが、頭のなかでどんなに否定しても、圧倒的な現実を追い出すことはできない。

「スティーヴ！　いや！　いや！」

「なんてこった」リースが漏らした。

彼はマリアの横へ来た。銃口を左右に向けた。船室内を振り向いた。

マリアは床に身を投げ、スティーヴの胸に倒れ込んだ。彼の体は硬い。こわばっている。反応がない。

彼の顔を両手で包み込んだ。触れると冷たい。はっとするほど冷たい。もとは薔薇色だった頰も色を失い、青白くなっている。両の手のひらで彼の頰を叩いた。はずみでスウェットシャツに彼の血を浴びたが、マリアは気にしなかった。

「お願い……」涙声で言った。「スティーヴ……ねえ……」

リースはトランシーバーを口もとへ持ち上げた。「至急。至急。至急。医療チームをただちに九二五号室へ」

死亡確認のためだとマリアにはわかった。喉を切り裂かれたスティーヴの首を肘の内側で抱えた。彼の顔を自分の顔に近づけた。虚空を見つめている目の瞼を閉じてやった。

なにをしても彼は生き返らない。

だが、彼女の意識はたちまち、まだ救えるかもしれないものに戻った。

子どもたち。

「クリストファー！　クロエ！」期待というより希望を込めて叫んだ。

さっと立ち上がり、また小さいほうのベッドルームへ向かった。なんらかの手がかりを求めて。求めて。あの子たちがまだ生きているという証拠を求めて。なにもなかった。

マリアはリビングルームへ戻った。

「この部屋に入った者はないんだな？」リースがドアロへ向かってどなった。

「いません。本当です！」うろたえた警備員がどなり返した。

「だったら、なんだってこんなことになってる？」

「知りませんよ。本当に、ずっとこの部屋の前に立ってました。出入りした者はひとりもいません」

「物音もしなかったんだな？」

「いえ、も……申しわけありません」若い警備員は口ごもり、イヤホンを指した。「申しわけありません」

「くそっ！　この役立たずが」

ベッドルームで、マリアは両膝をついた。はずみで床に膝を打ちつけた。子どもたちが隠れているようにと祈る気持ちでベッドの下をのぞいた。

「クロエ？　クリストファー？」

返事はない。ボックススプリングの下のカーペットに埃が積もっている。マリアが身を起こした勢いで、それが巻き上がって空中を舞った。

扉が蝶番からはずれるほどの力でクローゼットを開けた。ふたりはいない。ハンガーに吊るした子どもたちの正装が揺れている。

「クリストファー！　クロエ！」マリアはまた大声で呼んだ。

いないとわかっている子どもたちを捜して、猛牛のように足音荒く歩きまわり、室内を徹底的に探した。リビングルームに戻って足を止め、スライド式のガラスドアの外を見やった。

スティーヴの死の光景はマリアの脳裏に焼きつき、この先死ぬまで消えないだろう。硬直した体。感情を表わさない顔。その光景に胸を突かれた。

おそるおそるバルコニーへ近づいた。

なにかがなくなっている。

なにか違和感を覚える。

「ジェ、ジェイク」マリアはどうにか呼吸を整えた。「ジェイク。ソフトクリームマシンで見つかった衣類のことをくわしく説明して」

リースは前方の死体に目を凝らしていた。平然と。顔色ひとつ変えずに。

「リース！」マリアはどなった。切羽つまった心境が声に表われている。「いったいなにを見つけたの？」

リースがはっと彼女に向き直った。「子ども用の水着が二着」

マリアは叫びだしたい衝動を抑えた。

水着は昨日、乾かすために外に出しておいた。

それがなくなっている。

マリアの頭のなかですべてがつながった。

子どもたち。

あの男が連れ去った。

「いや！　いや！　いや！」

あの男だ。

バトラー。

バトラーがわたしの子どもたちを連れ去った。

「あそこ」リースが言った。バルコニーの隅を指差した。

手すりの白いペンキに、血による足跡がくっきりとついている。まるで、スティーヴにこんなまねをした人間が、血だまりを踏んだあと手すりに飛び乗ったかのようだ。

リースが手すりに近づき、左側を見た。次に右側を。そして上を。最後に下を。

「バルコニーか……」ひとりごとをつぶやいた。「バルコニーを使って移動しているんだ」

マリアは手すりの向こう側を見つめた。大海原に転落することを考えると不安で胃がきりきりした。一瞬、氷のように冷たい海に落ちる危険を冒してバトラーが子どもたちを連れて危険な降下をする場面を想像した。

膝の力が抜け、その場にしゃがみ込んだ。体が音を上げかけている。なにがなんでもこの悪夢から目を覚まそうとして、固く目を閉じ、両の手のひらでこめかみを叩いた。だが、ろくに開かない瞼が邪魔をして朝日も目に入らない。これは夢などではない。つらいけれど目は覚めている。つらいけれど、意識ははっきりしている。

この恐怖は現実だ。

スティーヴが殺された。

次は子どもたちが殺される。

もうおしまいだ。これが終わり。

バトラーが最後の犯行に及んだ。

小鳥のさえずりのような音がマリアの全身に響いた。

船室の内線電話だ。一時間足らず前、全船封鎖が敷かれて船室に戻った際に、スティーヴが武器代わりにしようと頭上に持ち上げた電話機だ。彼女を守るために。子どもたちを守るために。彼の生前最後の瞬間、ほんのわずかにせよ彼を疑ってしまったことで、マリアの心が痛んだ。

電話機は、室内での揉み合いでもマリアの必死の捜索でも手を触れられることなく船室のドアの脇の棚に乗っている。

呼び出し音が大きく轟いた。

プルルル！

プルルル！

リースが電話機を見やったあと、マリアに視線を戻した。彼の目がはっきりしたメッセージを伝えている――〝電話に出るな。やめろ〟

彼の警告などおかまいなく、電話は鳴りつづけた。

プルルル！

マリアは涙を抑えて、リースの横をすたすたと通り抜けた。呆然としている警備員を押しのけて電話機の前に立った。〝スピーカー〟ボタンを押し、緊張を覚えながらも、泣いていたせいで肺がどうにか取り込めるわずかばかりの空気を吸い込んだ。

受話器を取る。スピーカーを通して荒い息づかいが聞こえた。数秒後、ようやく雑音交じりの声が聞こえた。

「ハロー、マリア」声の主が短い間を開けた。室内が回転しだした。目がくらくらする。上下逆さまになる。

「いいかげん、私の正体に気づいているはずだ……」

35

マリアは麻痺したように突っ立っていた。ワイアット・バトラーの声だとすぐにわかった。バトラーではないかと思いながらもおそれていた現実が、これでもう無視できなくなった。「さて、あんたの子どもたちのことで話し合おうか？」バトラーがたずねた。記憶にあるとおりの話しかた。独りよがり。傲慢。腹立たしいほど無頓着な口調を帯びた強いブルックリン訛り。

今回、彼が苦しめようとしているのはよその子どもではない。マリアの子だ。マリアは立ち尽くしていた。凍りついていた。いまにもその場に崩れ落ちそうだった。

室内を満たした静寂が少しばかり長すぎた。

なにか言うのよ、愚か者。

話しだそうとしても、声も出せないまま言葉に詰まるだけだった。たちまち、法廷で見せられた場面が脳裏を満たす。子どもたちの死体のむごたらしいさまが。次の虐殺で、あの子たちの顔がわが子の顔に変わる。

「子どもたちは預かった」バトラーが得意げに言った。「私の船室に」

「クロエ！　クリストファー！」マリアは送話口に向かって叫んでいた。「ここにいるわ！　お母さんよ！」

返事はない。電話口の向こうに子どもたちがいる気配すらしない。

背中を冷や汗が伝った。

手が震えないよう拳に丸めた。

「聞こえるものか」バトラーが言った。楽しそうに。鼻持ちならない口調で。

「あの子たちを電話に出して」マリアは要求した。「いますぐに」

またしても沈黙が返ってきた。つらく、長い時間。マリアは子どもたちどちらかの悲鳴が聞こえるのではないかと心配した。あるいは、バトラーが卑劣な行為に及ぶ音が聞こえるのではないか、と。

リースが近づいてきた。内線電話機に。

ようやくスピーカーから小さな笑い声が漏れてきた。バトラーは喜びを抑えることができなかったようだ。検察が彼とすべての殺人を結びつけようとした際に静まり返った法廷に響き渡ったのと同じ、人を見下すような笑い声だ。

「子どもたちと話したいか？」バトラーがたずね、マリアの焦りを募らせた。

マリアの動揺に怒りが交じりはじめた。

こいつはわたしの気持ちをもてあそんでいる。

歯を食いしばって次の言葉を発した。バトラーの書いた台詞を読むかのように。「話したい」

送話口を口もとに近づけたらしく、バトラーの声の反響が大きくなった。

「ひとつ警告しておく、マリア……」バトラーが低い声で告げた。「子どもたちはひどく怯えて……」

部屋を横切るような足音。

ドアを開ける音。

「お母さん！　お母さん！」クロエの叫び声。

「お母さん！」クリストファーが叫んだ。「迎えに来て。この男がぼくたちを痛めつけようとしてる」

双子がたがいの声をかき消すように同時に叫んだ。

手がかりになりそうな物音をかき消した。

マリアは目を閉じた。この状況をなんとかして切り抜ける方法を考えようとした。生きがいであるふたりを殺される前にバトラーを出し抜く方法を。

一瞬のうちに双子の叫び声が止まった。

マリアはかたくなに目を閉じていた。涙が頬を伝うと同時に、顔に血がのぼった。さっと胸もとまで上がった片手が胸骨の上あたりでスウェットシャツをつかみ、またスティーヴの血をつけた。もう片方の手で口もとを押さえて、いまにも漏れそうな嗚咽を抑えた。

虫酸が走るバトラーの息づかいがスピーカーから聞こえる。

「子どもたちに再会するチャンスをやろう、マリア。どうだ、うれしいか？」

「どこにいる？」リースがどなった。「バトラーだな？　どの船室にいるんだ？」

案の定、バトラーは黙り込んだ。

スピーカーからは規則正しい息づかいだけが聞こえた。

「バトラー？　どこにいる？」リースがせっついた。

返事はない。

雑音交じりの息づかいの音だけだ。

吸って吐く。

吸って吐く。

マリアは自分に、冷静さを取り戻せと言い聞かせた。

バトラーはわたしと話したいだけよ。

「どこへ行けばいい？」マリアは平静を取り戻しかけていた。

「私がどこにいるかはわかるはずだ……」バトラーが言い、間を開けた。

リースがとまどったような目でマリアを見たが、バトラーが考えをまとめるほうが早かった。

「私たちはすでに会っているからな」

母音を引き延ばす話しかたに変わった。聞き覚えのあるこの南部訛りを耳にしたのは今日の午後。ほんの数時間前だ。

老婦人。

彼女の介護士。

マリアは、午後コーヒーショップの列に並んだことを思い出した。隣で、キャサリン・デイヴィスの愛想のいい皺くちゃの顔が車椅子からほほ笑みかけている。そして彼女が語った言葉――

楽しい休暇旅行をしていいはずの介護士。

何度も手術を受けた介護士。

マリアはあの介護士の顔を記憶の底から引っぱり出そうとした。長身痩軀。野暮ったいけれど実用的な服装。整った細面。角張った顎の濃いひげ。目。

濃いチョコレート色だった。手に持っていたコーヒーのような褐色。裁判中、バトラーの生まれながらの目の色が表示されていた。黄褐色と緑色の交じったような淡い色だった。

コンタクトレンズを入れているにちがいない。

あの老婦人の言葉が頭のなかを駆けめぐった。

この一年間に何度も手術を受けた……

気づくべきだった。

背筋がぞっとした。あんな間近にいたと考えると身震いがした。

あのレストランでも。

あいつは、手を伸ばせば届くところにいた。

すぐそこに。

子どもたちのすぐ近くに。

スティーヴは手まで貸してやった。キャサリンがテーブルに着けるように、邪魔な椅子をどけたりなんかして。胆汁が喉に込み上げてきた。バルコニーを見やった。婚約者の亡骸のほうを。喉から噴き出した血が乾いて固まりはじめ、服一面にどろりとした紅いしみを残している。

「だが、すぐに来る必要がある」

バトラーの声にはっとして、マリアの視線が電話機に戻った。

「五分以内に来なければ、子どもたちをこの部屋のバルコニーの手すりの向こうへ投げ落とす。今日の大西洋は荒れているようだ、マリア。このあいだの夜よりも荒れて……」

「あの子たちに手を出さないで！」マリアは猛然とわめいた。込み上げる怒りで涙も消え失せ、冷たい憎しみが湧き上がった。

電話の向こうで、バトラーの脅しを聞いて子どもたちのあげはじめた悲鳴が聞こえた。

「しーっ」異常者が子どもたちをなだめようと、下手な試みをしている。

バトラーは受話器を持ち直したようだ。「子どもたちはうるさすぎる、マリア。いつまでも待てる保証は……」バトラーの声が小さくなって消えた。

マリアは彼にわめき立てたかった。壁から電話線を引き抜いて電話機を床に投げつけたかった。彼の目玉をえぐり出し、死体に唾を吐きかけてやることを想像し、両手を握りしめた。

純粋な怒りを覚えていた。これまで抱いたことのない感情だ。自分のなかにあるとは知らなかった悪魔の一面。

リースが手首をつかんで現実に引きとどめてくれた。マリアはこわばった渋面でリースを見上げた。リースは目を大きく見開いていた。だが、動じていない。マリアよりも冷静な目だ。

自制心を失ってはだめ。

冷静でいなければ。

バトラーと同じぐらい冷静で。

「きっかり五分だ」バトラーが念を押した。「ひとりで来い。五分以内に子どもたちに会える。子どもたちの最期を見届けるんだ」

バトラーはまたひと息ついた。ため息のような音。

「子どもたちは本当にあんたに会いたがってる、マリア。ずっとあんたを求めている」

マリアはしばし考えた。

ここが勝負どころ。これが唯一のチャンス。

あの男を出し抜いてやりたい。

あの男が仕掛けてきたゲームのルールを変えてやりたい。

あの男を打ち負かしたい。

「マリア？」バトラーが抑揚のない声で言った。「聞いてるのか、マリア？」

あの男は正確さを必要としている。

秩序を。

すべてが自分の計画どおりに運ぶことを。

ここまでずっとそうだったように。

マリアはまたリースを見上げた。リースは問いかけるように眉を上げて見返した。首をマリアのほうへ動かした。促している。マリアが行動を起こすのを待っている。

「聞いてる」マリアはようやく絞り出すように答えた。「知らせてくれてありがとう、ワイアット」

リースが驚いた顔でマリアを見た。彼にもすぐにわかるはず。

マリアは鼻孔から大きく息を吸い込み、いまから口にする言葉にそなえて力を奮い起こした。いまからしようとしていることにそなえて。

内線電話機に口を近づけて告げた。

「わたしは行かない」

叩きつけるように〝スピーカー〟ボタンを押して通話を切った。

ワイアット・バトラーとの電話を切った。

子どもたちとつながっている電話を。

36

リースは信じられない思いで突っ立っていた。目の前の状況が飲み込めなかった。船内でたてつづけに起きているおそろしい事件はまたたく間に悪化しているが、マリアの決断はその最たるものだ。

「どういうつもりだ？」リースはたずねた。

「わからない？　あの男はわたしを呼びつけたがってる。それが計画の一部だから」

「子どもたちは？」リースは言い返した。「子どもたちはどうなる？」

「あれは罠よ。そうに決まってる。わたしが行けば、あの男は子どもたちを殺す。勝機を見出すには、不条理な行動を取るしかない。あの男の計画を崩してやるしかない」

彼女の直感は常識破りに思える。

この女はわが子を見捨てようとしている。

あんな頭のおかしい男にわが子を殺させるつもりだ。

「これでは時間の無駄だ」リースは言った。「あの男があんたに与えた猶予は五分だ」

「五分というのは、すべてが計画どおりに運んだ場合にあの男が自分に与えた猶予よ。でも、こっちはあの男の計画どおりに動かない。あの男の時間枠には従わない。時間を止めてやるの。あの男はすべてを完璧に進めたがっている。自分の扱ってるアンティーク時計のように。そうはさせない」

「マリア」リースが懇願した。「話についていけない」

「なんとしても時間切れにしてやるの」

「では、どうやって子どもたちのところへ？」ヘンドリックスがリースに加勢した。

「子どもたちのところへ行くのはわたしじゃない。あなたたちよ」マリアはふたりをひたと見据えた。「あの男は、子どもたちが死ぬところをわたしに見せつけたがっている。わたしが行けば、まちがいなくあの子たちは殺される。わたしが行かなければ、わたしに見せつけられないから、あの男は子どもたちを殺さない」

どう返したものかわからず、リースは肩をすくめるようなしぐさをした。「どの部屋にいるかもわからないのに――」

「乗客名簿でキャサリン・デイヴィスの名前を探して。そうすればバトラーの部屋がわかる」

「キャサリン・デイヴィス？　いったい何者だ？」

「病気を患っている老婦人。バトラーは彼女の介護士になりすましていた。容貌を変えて。声も変えて」

「なぜそんなことがわかる？」

「午前中に会ったからよ」

「あんたはすでに顔を合わせていたのか？」

「バトラーだとは気づかずにね。でも、あいつよ。彼女の部屋がわかればワイアット・バトラーの居場所がわかる」

マリアは正気を失いかけているのだろうかとリースは考えた。婚約者を失ったばかりだ。まだ婚約者の血にまみれている。子どもたちが命の危機に瀕している。そんな彼女が決断を下すべきなのか？

ヘンドリックスが、次の手を促すようにこっちを見ている。リースはしばし間を取り、手持ちの事実を考慮した。

だがマリアは、バトラーに関して、最初から正しかった。

時間切れが迫っている。

もうこれしかないのかもしれない。

リースはヘンドリックスに向かってうなずいた。

ヘンドリックスはすぐに反応し、トランシーバーの送信ボタンを押した。「セントクレア。応答せよ」

「セントクレアです」

「乗客名簿を調べて。キャサリン・デイヴィスという名前で」

ヘンドリックスが遠ざかるにつれて、声も小さくなった。

なにかがリースの肘をつついた。

「リース」マリアが言った。「マスターカードキーを持ってる？　船内のどのドアでも開けることのできるキーを？」

リースは上着の内ポケットに手を突っ込んでなかを探った。そのうち、ポケットの上からプラスチックの四角いものを軽く叩いてみせた。「ああ、持ってる。なぜそんなことを？」

「それを貸してもらいたいの」

リースは曖昧な表情で彼女を見た。マリアはひどいありさまだ。乾いた血にまみれている。巻き毛は四方八方にはねている。顔つきまで、オフィスで初めて会った夜とはちがっている。目の下にくま。こけた頰。ほんの数日しか経っていないのに。

ヘンドリックスが戻ってきた。「マリアの言ったとおりです。キャサリン・デイヴィスという名前の女性が乗船しています。七〇三号室。トッド・ウルマンという名前の男を同伴しています」

「そいつよ。それがバトラー。容貌を完全に変えていた」

変装の達人。

どの事件記録にも記されていたとおりだ。

「というわけで」ヘンドリックスが言った。「部屋番号はわかったけれど、船尾側です。で、このあとの作戦は？」

「話を聞いて」マリアが命じた。「しっかり聞いて。ヘンドリックス、二十分後にその部屋へ行って。いい、二十分後よ。ぴったり二十分後。それより早く行ってはだめ。部屋に入って、わたしの子どもたちを保護して。わかった？」

リースは怪訝な顔をした。「バトラーが子どもたちといっしょにいるんじゃないのか？」

「いないと思う。その前にわたしが部屋からおびき出す。あの男はわたしを追ってくるはず。わたしがいないことには計画が進行しないもの。リース、この船の下層階に入るためにマスターカードキーを貸して。あの男を連れ込むの。バルコニーをのぼられないように。手すりから飛び下りられないように。逃げられたくないから。あなたにはいっしょに来てもらう。あの男を罠にかけましょう」

マリアはヘンドリックスに向き直った。「あなたは子どもたちを無事に部屋から連れ出して。いいわね？　わたしは死んでもかまわない。とにかく、子どもたちを無事に連れ出して。わかった？」

ヘンドリックスはぐっとうなずいた。バトラーがどんな計画を立てていたにせよ、子どもたちに万一のことがあった場合にマリアの果たすであろう報復はその千倍にも匹敵するだろう、とリースは感じていた。

「わたしがあの男をおびき出す」マリアは繰り返し口にした。

「やつが、部屋を出る前に子どもたちを殺さないと言い切れるか？」リースはたずねた。

「殺さないわ」マリアは言い返した。「すべてを賭けて断言する」

「現にすべてを賭けようとしている」

マリアは深呼吸をして、認めたくないその事実を受け入れた。「そのとおりね。でも、それぐらい確信してる。作戦が失敗したら、その全責任はわたしにあるんだから」

リースは鋭く息を吐いた。

だが、おれは子どもをさらにふたり死なせることになる。

37

バトラーは七〇三号室のバルコニーに立ち、細い足首を左手でしっかりとつかんでいた。安全手すりの外側で少女の髪がそよ風になびいている。少女の顔は刻々と赤みを増し、チェリー酒のような色に変わりつつあった。

少女の頭に血液が押し寄せているのだ。

バトラーがその状態を保っている。少女を吊るした状態を。彼は自分の力に陶酔していた。五十メートルもの高さで逆さ吊りになって揺れている少女の命を自分が握っているという事実に。あとは、その手を開いてショーを楽しむだけだ。

マリアがドアから入ってきた瞬間に手を離すつもりだった。あの女が彼に目を向けた瞬間、あやまちを犯したことをあの女が悟った瞬間に。

いよいよだ……

最新の作品の仕上げは見ものだ。

船室内では、マリアの息子が床にうずくまるように座り込んでいる。額に大きなこぶを作り、意識を失って。呼吸が浅い。妹と同じく、びくりとも動かない。電話中に騒いだあと、もはやこのふたりに意識を保っている権利はないとバトラーは判断した。騒々しくて危険。なにをしでかすか予測がつかないからだ。近くの船室の詮索好きでおせっかいな乗客に首を突っ込んでこられるのはごめんだ。そんなことになったら計画が崩れてしまう。これ以上、最終章をかき乱されないように、子どもたちを気絶させたのだ。せっかくの最高傑作なのだから。

芸術作品だ。

子どもたちをしげしげと見た。たしか双子だ。だがバトラーには似ているように見えない。うつろなふたつの顔。たびたび混乱を引き起こす、この世の二匹の害虫。彼らの船室に入っていったとき、ふたりとも玩具を床に投げ散らかしていた。

二匹のネズミ。

この計画に参加できるだけでも幸運だ。

伸ばした腕に疲労感が走る。長らく手すり越しに少女を吊るしていることを思い知らされる。

待っている。

マリアを待っている。

娘が氷のように冷たい海に落下するのを目の当たりにしたマリアの顔をしかと眺める瞬間を待っている。わが子が目の前で死ぬと同時に母親の心の一部が死ぬのを見届ける至福の瞬間を。

マリアはどこにいる?

バトラーは腕時計に目を落とした。一九六二年製ベンラスに。捨てられるところだったのを回収・修理したものだ。こう言ってよければ、最高傑作だ。前の持ち主は薄い金メッキの腕時計の扱いを怠っていた。まったくの愚かさゆえに手入れをしていなかった。だが、何時間もかけて念入りに修復し、真新しい水晶振動子を取りつけ、ゼンマイを巻いてやると、魔法のように動きだした。

いまは彼の手首で拍を刻んでいる。繊細な秒針が音を立てるたびに彼の肉体がわななく。

十一時五十九分二十二秒。

十一時五十九分二十三秒。

十一時五十九分二十四秒。

胃がむかむかする。マリアが遅れているせいで吐き気がしはじめた。大嫌いな無秩序がまたしても表面化し、彼の意識に侵入しはじめた。

残り三十六秒。

マリアが子どもたちに会う最後のチャンス。

理解する最後のチャンス。

マリアが到着する瞬間をなんとしても見逃すまいと、バトラーは室内を、船室のドアのほうを見た。マリアが取り乱して探す姿を。その顔に恐怖が広がる瞬間を。彼女の血も凍る悲鳴は、これまでに経験したどんなものよりも満足させてくれるだろう。

何カ月もかけて慎重に計画した今回の犯行は、独創的で満足感を与えてくれる最高傑作だ。

キャサリン・デイヴィスの死体は簡易キッチンのそばで車椅子にぐったりと沈み込んでいる。彼女の首には紫色の真新しい擦過傷と手形。喉もとには、もともとある大小の皺に交じってえび茶色や濃紫色の筋が走っている。バトラーの爪が深く食い込んで切れた小さな傷口から一滴の出血。

あれは不本意な結果だ。あざはほぼ左右対称。絶対に左右で同じ形にならないことは受け入れている。だが、あの小さな傷跡は、左右不一致であることをきわだたせるものだ。

バトラーは顔を歪めた。

もはやキャサリンは不要だった。

キャサリンはすぐに死んだ。酸素ボンベを切ったあと、バトラーがすぐに手を下さなくても、母なる自然がいずれ始末をつけてくれたかもしれない。普通なら数分かかるのだが、キャサリンの病状もあって、十五秒ほど強く絞めるだけで事足りた。

キャサリンは最期に耳ざわりな悲鳴まであげた。必死に命をつなぎ止めようとして体内に湧き上がったアドレナリンのせいかもしれない。あとはなんの反応もなし。彼女は抵抗しなかった。ただ、まっすぐ前を見つめていた。彼の目の奥をまっすぐに。動じない目で。受け入れる目で。

死ぬことに感謝していたのかもしれない。

使いものにならない肉体から解放されることに。

年貢の納めどき。

彼女は自分の役割を終えたのだ。

バトラーはまた腕時計を睨みつけた。腕時計は彼をあざ笑っているようだ。分針が真上に来て、時針にぴたりと重なった。

十二時一秒。

十二時二秒。

十二時三秒。

遅刻だ。

後頭部がずきずきしはじめ、痛みが肩甲骨まで広がった。まったくわけがわからない。あの女はわが子に死刑宣告を下した。

おれには死刑の宣告を下せなかったくせに、わが子に死刑宣告を？

バトラーは、自分の片手から振り子のようにぶら下がっている少女を見た。つづいて床の少年を。どちらも、なんの憂いもなく眠っているように見える。母親がふたりの死を望んでいるらしいことなど知らずに。

せっかく生かしておいてやったのに。

左手の筋肉が引きつった。腕の筋繊維はこの子を落としたがっている。コンクリート地面に叩きつけられた水風船さながらこの少女が海面にぶつかるのを見たがっている。

だが、それはできない。まだ。あの女にここにいてもらわなければならない。目撃させなければ。自分のあやまちを思い知らせなければ。

十二時十四秒。

十二時十五秒。

十二時十六秒。

手首に巻いた腕時計の金属ベルトが急に冷たく感じられた。目を落とす。秒針が止まっている。妙な配列で。すぐに時針が歪みはじめた。ガラスの下でくねくね巻いたり、ジグザグ形になったりしている。サルバドール・ダリの有名な絵に描かれた溶けた時計のようだ。

進んだり戻ったりしている。

進んだり戻ったり。

腕時計がおれをからかっている。

あの女が来ると思い込んでいたおれをあざ笑っている。

あの女が理性的な判断を下すと信じたおれを。それしかない判断を下すと。

怒りが燃え上がった。足もとから立ちのぼる激しい熱が肺を満たした。手すりに手首を振り下ろすと、腕時計の文字盤が粉々に砕けた。

だが当然じゃないか？

非論理的な女なんだから。

おれを自由の身にするような女だ。

室内に目をやり、船室のドアを見た。

そして待った。

待っている。

まだ待っている。

疲労の積もった腕が痙攣しはじめている。ずっと吊り下げているせいで、少女が重く感じられてきた。

粉々になって手首に突き立っているベンラスを見下ろした。

あの女は来ない。

自分の犯したとんでもないあやまちを見届けようとしない。

彼の目がゆっくりと海を見渡した。鼻から吸い込む息が荒くなる。生えぎわに浮かんだ玉のような汗が瞼に這い落ちる。

あの女は来るはずだった。

ここにいるはずだった！

「あの女はどこだ？」片手で吊るしている意識のない少女に向かってどなった。

浴室に向き直り、キャサリンの亡骸に向かって叫んだ。

「あの女はどこだ？」だれにともなく声に出して繰り返した。

ひと息に少女を手すり越しに引き上げて、ベッド脇の隅、兄の横に放った。ふたつの小さな体が折り重なっている。細い手足が重ねた小枝のようだ。

バトラーは左の上腕二頭筋をさすった。痛みが根を下ろしはじめている。意識のない双子の横に膝をつき、ほとんど聞き取れないぐらいまで声を落とした。

「わが子を見殺しにするとは、なんて母親だ」ぼそりと口にし、激しく瞬きをした。

両手を伸ばして、少女のもつれた髪を耳にかけてやり、少年の髪を整えてやった。

「おれも見殺しにしてやる」ふたりの髪をさわりながら続けた。「だがその前に、おれになにをしたのかをおまえたちの母親に思い知らせてやらなければな」

バトラーは立ち上がった。

「あの女には命をもって償ってもらう」

あの女は子ども同然にどうしようもない。非論理的。支離滅裂。

教育なんてできない。

死んでもらうしかない。

38

マリアは階段を下って七階へ向かった。靴底がティールカーペットの固い毛並みに食い込むことはほとんどなかった。足音を立てないように努めた。周囲の静寂に合わせるように。全船封鎖により、船内はやけに静かだった。不気味なほどに。通路のどちら側も、船室のドアはすべて閉ざされている。人影はまったく見当たらない。警備員の姿も。ほんの一時間前には、どの通路も自分の船室へ戻ろうとあわてふためく乗客たちであふれ返っていたのだが。いまは彼らが落としていったごみやなんかが散らばっている。

事情がわからず不安を抱えた何千もの乗客が船室に閉じこもり、次の指示を待っている。エアコンのハム音を圧して聞こえるのは、船体にぶつかる波の音だけだ。

マリアは、床に散らばったポテトチップの袋や水のコップ、サングラスなどを慎重によけて通った。音を立てそうなものをすべて。万一バトラーがすぐそこで待ちかまえていた場合、マリアの存在を知らせるおそれのあるものを。

リースが同行している。マリアと同じく慎重に歩を進めている。拳銃を構えて。

バトラーに近づくためには右舷側へまわる必要があった。ふたりは用心しつつエレベーター乗り場を横切り、七〇一号室から七四九号室の船室が並んだ通路へと曲がった。

狭い通路に息苦しさを覚える。全船封鎖により、通路の壁がいっそう迫ってきて、リースとマリアに余地を与えまいとしているようだ。

子どもたちがこの階にいる。

並んだ部屋のひとつに。

リースは拳銃を腰の高さまで下げた。マリアの前に片腕を伸ばし、止まれと無言で指示した。マリアの前へまわると拳銃を構えて自分が先に立った。ふたりは腰をかがめて、船尾へ近づくにつれて小さくなる部屋番号を確かめながら並んだ部屋の前を進んだ。

七一一。

七〇九。

七〇七。

キャサリン・デイヴィスの船室に達すると壁ぎわを進んだ。

七〇三。

明るい色の表示板はほかの船室のものとなんら変わらない。部屋番号も、ほかの表示板と同じく金色の浮き彫り加工で記されている。外から見るかぎり、なにも変わった点は見当たらない。この部屋の乗客と同じだ。

マリアはドアに耳を押し当てたい衝動を抑えなければならなかった。どんなに小さくてもいいから、子どもたちの声だと思える音を聞きたくてたまらなかった。どんなにかすかでもいいから、あの子たちがまだ生きていることを示す徴を。

でも、それはできない。そうするわけにはいかない。

ここへ来た目的はそれじゃないから。

マリアは通路の壁を見まわした。

あそこだ。

バトラーのいる船室の向かい側、三室離れたところに、探しているものを見つけた。七〇八号室と七一〇号室のあいだ、通路の脇に、ひとまわり小さく軽そうでなんの表示もないドアがある。部屋番号もなく、凝った装飾もない。シンプルな薄いグレーのドア。

乗組員専用のドアだ。

マリアが無言でスロットにマスターカードキーを通すとドアが開いた。ルームサービス用の古いトレーが押し込んであった。

ドアは妙な角度で通路に突き出している。マリアの目にも妙に映った。場ちがいだ。この階でこのドアだけが開いている。

　不完全という意味では完璧だ。

　バトラーをいらいらさせるのに完璧だ。

　リースが怪訝そうな目をマリアに向けた。マリアのこの行動に面食らっているらしい。

　マリアは無言で、なかに入れと合図した。リースは七〇三号室のドアを振り向いた。すぐそこだ。彼女の子どもたちがとらわれている部屋から数メートルしか離れていない。ドアを蹴破り、狙い定めて拳銃を撃てば、クリストファーとクロエの命を救うことができる。

　マリアもそれは感じていた。あの部屋に飛び込めという本能の圧倒的な叫び声は無視しがたい。だが、この作戦を成功させるためには、その叫びに耳を傾けるわけにはいかない。見捨てたわけじゃないと子どもたちに知らせるためにドア越しに呼びかけることすらできない。

　バトラーの時間を使い果たさせなければならない。

　わたしは行かないと、あの男に信じさせなければならない。

　クロエとクリストファーの命を救うにはそうするしかない。

　マリアとリースは頭を下げて乗組員専用ドアをくぐり、この船の内部施設と乗組員専用区域へと通じるさらに狭い通路に入った。

乗組員専用の通路はきちんと整っている。すべてのものが決まった位置に置かれ、安全に固定されている。ルームサービス・ワゴン、巨大なごみ容器、ビニールに包まれた新しいマットレス。貴重な空間を最大限に使えるように、すべてのものがまっすぐ立てて置かれている。

几帳面に完璧に整理されたこの通路をバトラーは気に入るはずだとマリアは思った。

そこで、リースとともに早足で通路を進みながら、マリアはできるだけ多くのドアを開けっぱなしにした。ワゴンをすべて引き出した。はずせるものはすべてひっくり返した。バトラーの頭を混乱に陥れてやれることを願って。

なんとしてもひと泡吹かせてやる。あいつを挑発する。

そして、計算外の決断を下すように仕向ける。

マリアは船内にいくつもある洗濯室のひとつのドアを開けた。なかでは巨大な業務用洗濯機が稼働中で、数日前の楽しい航海がまだ続いているかのようにシーツやタオルがまわっていた。洗濯機の一台の扉を開けて手を突っ込み、びしょ濡れの絡まったテーブルクロスを引っぱり出した。それを床に放り投げた。

「なんのつもりだ?」マリアの行動に困惑した顔でリースがたずねた。

「餌を撒いてる」マリアは説明した。「こうやってあの男をここへおびき寄せる。あの男は対処できない。無益な無秩序。わたしの引き起こしてる混乱状態。あの男は怒りに駆られる。そしてようやく、自分が罠にはまったと気づく」

「怒り？　やつを怒らせたいだと？　常軌を逸した殺人者が怒りを増幅させられたらどうなる？」リースは肩をすくめて、携帯電話の画面に目を落とした。「二十分経った。そろそろヘンドリックスがあの部屋に着くころだ」

くそ。

バトラーはすでにこの通路に入ってきて、わたしたちのあとを追っているかもしれない。

「移動しないと。急いで！」

マリアは走りだした。子どもたちからできるかぎり遠くへバトラーをおびき寄せることができればありがたい。それにより、ヘンドリックス率いる警備チームがあの船室に入ってクロエとクリストファーを救出するための時間を稼ぐことができる。ふたりを無事に連れ出せるかどうかは警備チームにかかっている。作戦の失敗を想像するのはマリアには耐えられなかった。

リースが懸命についてくる。マリアは最後のドアを開け、急に左へ曲がった。午前中に痛めた腰を壁の角にぶつけそうになった。走りながら肩越しに振り返り、リースが追いつくのを待った。

通路から聞こえた鈍い音が、開け放したドアの鋼鉄や金属の枠に反響した。

マリアはぴたりと足を止めた。無言で、足音を立てないようにして、曲がったばかりの交差地点へ戻った。角から通路をのぞく。

タイル張りの床にリースがぐったりと横たわっている。意識はなさそうだ。額の裂傷から血が出ている。

彼を見下ろすように、長身痩軀の人影がまぶしい蛍光灯の下に立っている。骨ばった拳に重そうなパイプを持っている。

マリアは片手をさっと口もとへやり、喉の奥から漏れた鋭いあえぎ声を抑えた。

バトラーだ。

こっちの仕掛けた罠に気づいたのだ。

リースにのしかかるように立っているワイアット・バトラーは、動揺した極悪人のようだ。血にまみれている。おそらくスティーヴの血だろう。深く激しく息を切らしている。まるで喘息発作のようだ。トッド・ウルマンと名乗っていたときの南部男の魅力はすっかり消え失せ、本来の自分のもっとも残虐な姿に戻っている。何人もの不運な子どもたちが息を引き取る前に目の当たりにした姿に。

クロエとクリストファーが死んでいないようにとマリアは祈った。

みずから罠を仕掛けたくせに、いざバトラーの姿を目にすると麻痺したように体が動かない。涙が頬を流れ落ちる。うろたえながらも、ポケットに手を入れてマスターカードキーを取り出した。いちばん近い左側のドアに向き直り、マスターカードキーを通すと、ドアが開いた。

階段室だ。

下へ向かっている。

船のさらに深部へと続いている。

マリアは硬直したように階段を見つめていた。だが、全速力で走ってくる足音が聞こえるなり、弾かれたように動きだした。手すりをつかみ、階段室に入った。

バトラーがすぐに追ってきた。その足音が刻々と迫ってくる。

マリアはドアハンドルをつかみ、叩きつけるようにドアを閉めた。

バン！

バトラーが飛び込もうとした瞬間、ドアが閉まった。カードキーがなければ入ることができず、ドアハンドルをがちゃがちゃと動かしている。

マリアは考えるために立ち止まったりしなかった。すぐさま階段を駆け下りた。踊り場をまわりながら上方へ目をやった。

ワイアット・バトラーがドアののぞき窓から見つめている。不快な笑みを浮かべているせいで、口もとにえくぼが見える。のぞき窓から見えるように血まみれの片手を上げて、指を動かした。

いまわしくも、マリアに向かって手を振っている。

マリアは頭を引っ込めて階段を駆け下りた。

あの男はここへ入ってこられない。マスターカードキーを持っていないんだから。

わたしは安全。安全。安全。

そう頭のなかで繰り返した。自分にそう言い聞かせようとして。

だが、本当はわかっている。

バトラーは止まらない。

マリアの命を狙って追ってくる。

39

バトラーは、マリア・フォンタナが階段を駆け下りて下の階へ消えるのをドアののぞき窓から見送った。そのままさらに数秒、人影のない階段室を見つめていた。

彼は施錠されたドアに背を向け、反対側の壁を見つめた。

あの女はおれの計画を台なしにした。

またしても。

またしても、あの女はあやまった判断を下した。

マリア・フォンタナは過去のあやまちからまったくなにも学んでいない。世界は完全な秩序を保つべきだということを絶対に理解しない。秩序ある世界を創り出すために骨折った者がかならず頂点に立ってきたことを。

バトラーは、白い金属板が張られた壁の冷たい表面に顔がぶつかるほど近づいた。壁に額を押し当てる。激しく。頭のなかの騒音がやまない。顎に震えが走り、歯が鳴った。

通路を行ったり来たりした。マリアがかき乱した通路を。こめかみが脈打っている。思考が散漫になってきた。この無秩序状態が肉体的な苦痛を引き起こした。このストレスは十倍にして返してやる。あの女の子どもたちに、バルコニーから海へ落とすというもともと考えていた慈悲深い方法ではなく、もっと苦痛を伴う死を与えてやる。

この船内で〝作品〟に仕上げてやる。かならず。

おれの計画は完璧だった。

すべてが完璧だった。

それをあの女が台なしにした。

あの女はなぜ子どもたちを助けに来ない？　なぜ、おれのやったことを理解できない？　おれのしようとしていることを？

バトラーは周囲を見まわした。通路は完全な無秩序状態だ。通路の両側のドアは不規則に開いている。素焼きタイルの床には、洗濯物の山や、無数の古い足跡。

バトラーは、そのひとつひとつに脳内の神経細胞が熱くなるのを感じた。激しい片頭痛が前頭部を襲った。思考が悲鳴をあげるなか、こめかみをぐっと押さえて通路を行きつ戻りつした。

あの女はおれから隠れようとしている。だが永久に隠れることはできない。どこへも行けないのだから。あの女はここにいる。この船に。見つけてやる。なんとしても見つけなければならない。おれが止めなければ、だれがあの女を止める？　あの女は厄介だ。危険人物だ。生かしておくわけにいかない。あのままでは。おれは学ぶチャンスを与えてやった。なのに、学ぶことができない。あの女はかならず戻ってくる。そう。戻らざるをえない。いずれ子どもたちを取り戻しに来る。あの部屋へ戻ろう。あそこであの女を待つ。いや。だめだ。あの部屋にはもう警備の連中が入ってそうだ。あの女の船室の前で待とう。恋人の死体を引き取りに来るのを待つ。いや、ここで待つ。いや。ちがう！　おれはこれ以上待たない。あの女を待たない。向こうから来させる。動くのは向こうだ。おれにひれ伏すために。進んで学ぼうとするために。変わると懇願するために。あの女はおれから奪ったんだから。その償いはしてもらう。ドアには錠がかかっている。なにもかもが無秩序だ。なにも考えられない。ここから離れなければ。こんな混乱などない場所へ。

バトラーはまっすぐ伸びる通路を歩きだした。背後は、マリアがすべてをめちゃくちゃにかき乱している。前へ進むしかない。この無秩序状態から脱するのだ。バトラーは左へ曲がった。次に右へ。そして左へ。また右へ。乗組員区画の広大な迷路を曲がりくねって進んだ。

「お困りですか？」

男の声が通路の先から響いてきた。右手の、別の交差している通路からだ。バトラーはその声の主のほうを向かなかった。

「船内を歩きまわるのは禁止されています。安全のため全船封鎖中なんですよ、乗組員も含めて」

バトラーはぴたりと足を止めて、男が足を引きずるように近づいてくる音に耳をすました。「だったら、おまえはなぜここに？」顔を向けずにたずねた。

「フロア責任者なので。さあ、ごいっしょするので部屋へ戻りましょう」

男はさらに近づいてくる。

「ねえ、聞いてますか？」

距離がさらに縮まる。

背後から来た男が、腕を伸ばしてバトラーの肩に手をかけようとした。「申しわけありませんが、いっしょに――」

バトラーはゆっくりと向き直った。血しぶきのついたシャツをひと目見るなり、乗組員はショックで口をぽかんと開けた。

次の瞬間にはバトラーが彼の頭の両側をつかみ、ものすごい力でひねって首を折った。骨の折れる鈍い音が通路に響いた。

男はバトラーの足もとに崩れ落ちた。

バトラーは男のポケットに片手を突っ込み、指先で手ぎわよく中身を探った。薬指が固く四角いものをなぞる。

あった。

マスターカードキーを取り出し、しげしげと眺めた。白黒のカードは裏に黒い磁気テープが貼りつけられている。試しに、背後の乗組員専用ドアのひとつに通してみた。カードリーダーについている小さなＬＥＤライトが赤から緑に変わった。

階段室を振り向くと、ようやく頭の混乱が収まりはじめた。

まだそれほど遠くまで行ってないはずだ。

40

マリアの心臓は激しく打っていた。肺が熱した石炭のようだ。こんなに速く走ったのは久しぶりだった。双子が生まれてからは初めてだ。一瞬、ニューヨークの寒い朝、コロンビア大学のキャンパスに着いて、雪の積もったモーニングサイド・パークで大学のクロスカントリー・チームがランニングしているのをよく眺めていたことを思い出した。当時は彼らを気の毒に思っていた。いまは、彼らのつらさがいっそうよくわかる。

人影がなく、乗組員の姿も見えない通路を次々と駆け抜けて、船の深部へと下っていった。全船封鎖中なので、だれの助けも得られないだろうと覚悟した。ひとりで戦うしかない。

マリアは大きく息を吸い込みながら走りつづけた。バトラーに髪をつかまれて床に引き倒される気がして、数秒ごとにびくびくしていた。あの男はいつ現われてもおかしくない。

出くわしたら——きっと出くわすはずだ——あの男はありとあらゆる手を尽くしてマリ

アを殺すにちがいない。そして、はらわたを取り出す。血管の血を一滴残らず抜き取る。犠牲になった子どもたちに行なったように。あの男につかまったら、時間をかけて殺されるだろうとわかっている。一年がかりで殺人計画を立てた理由がなんであれ、あの男が思いめぐらせていた結末はきっととてつもないものにちがいない。残虐。苦痛を伴うもののはずだ。

そう考えると、足の速度が増した。

あの男が追ってくる。

でも、どうして？

階段を駆け下りたものの足をすべらせて止まり、鋼鉄の壁を明るい青に塗られた、大きく広々とした通路を見やった。床に記された矢印が通路を左右に分け、行き来する者の歩く側を定めている。マリアは瞬時に自分のいる場所を理解した。

ゼロ階。乗客のはるか下で乗組員たちが移動する通路。

リースはなんと呼んでたっけ？

〝ハイウェイ〟だ。

マリアは長く伸びるその通路のコンクリート床に足を踏み入れた。重低音が響いている。空気がむっとしている。なま暖かい。汗ばんだ肌にまとわりつく。はるか上方の階で乗客が享受している涼しく快適な空気とはまるでちがう。

マリアは薄暗いドア口を目で探した。人っこひとり見当たらない。食べものの皿を運ぶ食事係もいない。次の持ち場へと飛んでいく執事も洗濯係も乗客サービス係も。

マリアひとりきり。

巨大な空間が広がっているだけだ。

重低音を破って新たな音が聞こえてきた。

遠く、後方の階段室から足音が下りてくる。

だれかがこっちへ走ってくる。追ってくる。足音は刻々と大きくなる。ワイアット・バトラー。すぐにも現われるだろう。

くそ。

マリアはいちばん近いドアに駆け寄った。

鮮黄色の軍用字体のステンシル文字が記されている。

〝エンジン室　ドア1〟

スロットにマスターカードキーを通した。ビープ音がして、小さなライトが緑色に変わった。ドアのロック機構が音を立て、一瞬ののち錠が開いた。マリアは背後の通路を見やった。バトラーはまだ〝ハイウェイ〟に現われていない。

マリアはロックホイールをつかみ、ステンシル文字で〝0〟と記された方向へ反時計まわりに動かした。

全力を振りしぼる必要があったが、持てる力を出してロックホイールをまわしつづけた。ようやくロックホイールがゆるんで二秒ばかり高速回転し、不意に回転が止まった。マリアはドアを引き開けた。振り返りもせず、すきまからなかに入った。バトラーがすでに現われ、ここに入る姿を見られたのかどうかわからない。

マリアはドアを閉めた。すぐに聴覚が効かなくなった。エンジンの稼働音が空中を満たしている。ここが〝ハイウェイ〟で聞こえた重低音の源だ。ただし、その音がここでは二十倍も大きい。ここがこの船のどの階でも絶え間なく響いている振動の源だ。マリアは天井を見上げた。重低音を立てつづけている巨大なエンジンを収めたこの部屋は四階分もの高さがある。

大きな燃料ポンプが何ガロンものディーゼル油をエンジン系統全体へ送り出している。排気集合管《マニホールド》の各ガスケットから湯気を吐き出している。驚くべき光景だ。複雑に組み合わさった機械の部品が完全に共鳴して回転し振動している。だが、いまは呑気に見学している場合ではない。

マリアは駆け足で角を曲がり、スイッチボードの並んだ壁の前を過ぎて、室内通路にいた人物にぶつかった。

マリアは転んだ。床に激しく肩をぶつけた。打ちっぱなしコンクリートの床で手をすり、手のひらや指の皮膚が裂けた。

「もう！　ちゃんと前を見て歩け！」

マリアはすばやく立ち上がった。あとずさるうち、相手が乗組員だと気づいた。

蛍光緑のジャケットにヘルメットといういでたちから察するに、機関士らしい。ぽっちゃりした丸い顔。にこりともしない。ほぼまちがいなくここへ向かっているであろう問題に気づいていないにちがいない。

機関士は服をはたきながら、興味津々の目をマリアに向けた。知らない顔だし、このエンジン室に入る権利のない人間だ。一般人。乗客。

「おい！　この階は立入禁止だぞ！」彼はエンジンの轟音を圧してどなった。

マリアは逃げろと彼に合図した。機関士がそれに反応するのを待たずに、マリアは向き直ってその場を離れた。立入規制のチェーンを張られた区域を避けて向きを変えつづけた。角をよりすばやく曲がるために手すりをつかむ。一瞬、肩越しに振り返った。

「おい！」機関士が後方から呼んだ。

マリアはさらに何メートルか走り、低い支持梁の下方に隠れた。

エンジン音を圧して、ぐしゃっという大きな音が響いた。

マリアは最悪の事態をおそれつつ機関士のほうをのぞき見た。

実際、最悪の事態が起きていた。

倒れた機関士にのしかかるようにバトラーが立っている。だらりとした右手にレンチをぶら下げている。バトラーはマリアを見つめた。ゆっくりと彼女のほうに指を突き出した。

「いや」マリアはあえいだ。

機関士が朦朧としながらもバトラーの片脚をつかんだ。

バトラーは彼の顔を踏みつけた。機関士の後頭部が激しい勢いで床に打ちつけられる。バトラーはかがんで、機関士の喉をレンチで殴りつけた。力を増して殴るうち、機関士の首がねじれた。傷口から血が噴き出し、バトラーのTシャツがまたしても鮮血に染まった。だがバトラーが気にする様子はない。家具を組み立てただけだとでもいうように、そしらぬ顔でマリアに向き直った。マリアは梁から離れて後退した。室内通路の両側に並んだ大きな燃料浄化装置に取り囲まれている。装置がそろって回転しているさまは、まるで巨大な掃除機のようだ。でも、こっちへ進めば行き止まり。

マリアは図らずも身動きならなくなっていた。

ああ、くそ。

バトラーが追ってくる前に別の逃げ道を探ろうと、急に向きを変えて猛然と引き返しはじめた。角に達した瞬間、バトラーが機械の裏から現われた。すぐ目の前に。マリアの逃げ道をふさいでいる。

マリアはよろよろとあとずさった。金属製の手すりに背中がぶつかる。左へ逃げようとした。

バトラーがそれを読んでそちらへ一歩動いた。

マリアは右へ逃げようとした。

バトラーがまたしても行く手をふさいだ。

マリアは彼に向き直った。もう逃げ道はない。

バトラーが混じり気のない軽蔑の表情でマリアを睨みつけた。

ほぼ全身に血を浴びている。スティーヴの血、リースの血、機関士の血。ほかにだれの血を浴びているやら。そのせいで、実際以上におそろしく見える。なにをしてもこの男の凶行を止めることはできないようだ。

天井照明の光がふたりに注いでいるせいで、マリアは、計画を実行するためにワイアット・バトラーが変えた顔をじっくり目にすることになった。

バトラーはすっかり変貌していた。すべての造作が。一年前に法廷で見た男の面影はどこにもない。以前よりふっくらさせたためはっきりした顎の角。後退した生えぎわ。法廷で目立っていた鼻梁は削ってしまっている。体重も落としたようだ。拘置所にいるあいだにつけたにちがいない筋肉もなくなっている。

この男はつねに周囲に溶け込んでいた。だから、各警察の作成した似顔絵が異なっていた。目撃者のだれひとり、この男だと確認できなかった。

バトラーが一歩前に出た。マリアとの距離を詰めた。彼の落ち着いた吐息が顔にかかる。「ミズ・フォンタナ。ようやく会えた」彼の声が二オクターブも跳ね上がる。「久しぶりだな、ダーリン……」

たちまち、プールデッキですぐ近くにいたときに使っていた南部訛りに戻った。次の瞬間、声を低くして続けた。

「元気にしていたか?」

いとも簡単に、強い英国訛りに変わっていた。

マリアはじっと突っ立っていた。ころころと人格を変える男によって、追いつめられたネズミのように身動きできなかった。

「おれを思い出すことはあったか?」フランス語訛りともドイツ語訛りともつかない話し

かただ。

マリアは、漏れそうになる悲鳴を飲み込んだ。どのみち、このエンジン室で助けを求めて叫んでも無駄だ。

なにか言おうと口を開いた。どうにか言葉を絞り出した。

「だって……まるで別人」

バトラーはにっと笑い、血に染まった歯を見せた。また声を低くした。たちまち、法廷で使った声、強いニューヨーク訛りが戻ってきた。「ああ、だが、本人だ」

彼がまた一歩、距離を詰めた。

「ほら、人生の早い時期に学んだ教訓でね。腕時計の文字盤《フェイス》を変えるのは簡単だ。なかの動きを変えるのははるかにむずかしい」

マリアの全身に震えが走った。手すりから伝わる振動のせいかもしれないし、この瞬間を楽しんでいるように見える人でなしと顔を突き合わせているせいかもしれない。この男にとってはおそらく勝利の瞬間だろう。

「だが、おまえは少しも変わってない。そうだろう?」バトラーが嚙みつくように言った。

また一歩、距離を詰める。

「おれが覚えている姿となにも変わってない。陪審員席に座っていたときと。不安げで。

気分が悪そうで」

彼はしばしマリアを観察した。「目の前に示されたすばらしい光景に嫌悪感を抱いていた。きっと、いまも同じ気持ちなんだろう。おまえはなにひとつ変わっていない」

マリアははっと息を呑んだ。「なにもかも、わたしのせい？」とたずねた。

「よくできました、フォンタナ教授。ようやくわかってきたようだな。この一年、おまえのことばかり考えていた。おまえと、その欠陥品の頭のことを」

「だったら、どうしてフィンチを殺したの？　どうしてあの子どもたちを殺したの？　わたしとは無関係の人たちを？」

バトラーは笑みを浮かべた。満足げに。傲慢な笑みだ。

「ああ、ジェレミー・フィンチの体から頭部を切断すればおまえが喜ぶと思ったんだ。ほら、あいつの書いた本を読んだから。おまえに対して辛辣だっただろう？　おまえの家族に対して。おれが郵便受けに置いていった本は受け取ったんだろう？」

あれはバトラーだった。

あの本に〝おまえはまちがっていた〟と書き込んだのはバトラーだった……

マリアはそれには答えず、バトラーの計画の全貌をつかもうとした。どんな感情も顔に出さずに。彼に話を続けさせようとした。ほんの一瞬、相談者の話を聞いているような気がした。

「じゃあ、この船に乗っている子どもたちを殺したのはどうして？」とたずねた。

「いいかげん、おまえにわからせるためだ！」バトラーはいらだたしげにこめかみをさすりながらどなった。「まだわからないようだな。おまえはあの子どもたちと同じだ。いつまでも理解しない。おまえには理解できない。あいかわらず非論理的な行動を選ぶ。わが子をおれに殺させようとする。この部屋で、おれから逃げる術《すべ》もなくみずから窮地に陥る。こんな混乱状態を止める必要がある」

自分の発している言葉により肉体的苦痛を感じているかのようにバトラーの顔が歪んだ。

「おまえは幸運にもあの法廷にいた」バトラーが続け、暗い目を部屋の隅へとそらした。「自分のやったことの結果を見ることができて幸運だった。たった十二人のなかのひとり。あの陪審団の。おれの完璧な犯罪をその目で見ることができた。しかも、おまえはまた幸運に恵まれた。おれの最後の犯罪を唯一、目撃できるんだからな」

「言ってることがわからないんだけど」マリアは、彼が話しつづけることを願った。

「そりゃあそうだろう。最初にチャンスが与えられたときに理解できなかったんだ。何週間かかっても。あれだけの証拠を目の当たりにしても。あの法廷で、おれの完璧な犯罪に気づいて当然だったのに」

マリアの頭のなかですべての辻褄が合った。

だからこの男はわたしを狙う。

そもそもこの船に乗り合わせたのも、それが理由だった。

陪審員としてわたしが投じた票のせい。

ようやくワイアット・バトラーの全体像が理解できて、マリアは心のなかでうなずいた。

「有罪だと認められたかったのね」マリアは確信に満ちた口調で言った。

バトラーは大げさに両腕を広げた。スティーヴがよくやっていたしぐさだ。「広く知らしめたかった。おれの作品を評価してほしかった。世間に発表した傑作を。それなのに、おまえは……それを与えなかった」

ふたりのあいだに一瞬の沈黙が広がった。

マリアは反抗的な目で彼を睨みつけた。

「あんたのやったことなんて、だれも評価しないわ、ワイアット」食いしばった歯のすきまから言い返した。「だれも理解しない。だれにも真実を知られないように、あんたの言い分なんていくらでもねじ曲げてやる。〝完璧〟とかいうあんたの犯罪の伝説は、ただの虚説か憶測になる。あんたが有罪か無罪かで世間の意見が割れる」

バトラーが怒りに目を剝いたが、マリアはさらに言い募った。

「それに、この件がかたづいたら、あんたの名前なんてだれも思い出さないようにしてやる」

バトラーは歯噛みした。怒りに身を震わせている。

次の瞬間、彼が牙を剝いた。

マリアにまっすぐ向かってきた。

41

マリアは左へ飛び、ほんの数センチの差でバトラーをかわした。

彼が伸ばした両手は燃料浄化槽にぶつかった。

バトラーが苦痛にうめいた。

その一瞬のすきにマリアは駆けだし、手すりの角を曲がって室内通路へ向かった。両側で大きなピストンが音を立てている。信じられないほどの力で上下している。進める方向はひとつしかなく、コンクリートに響くバトラーの足音がすぐうしろに迫っている。

マリアは機関士の死体のほうへ向かった。跳ぶように運ぶ足がうつぶせの死体の脇へと近づく。彼の喉の周囲にできた血だまりが左右へその面積を広げている。マリアは、足を置いても大丈夫な場所を探して目を落とした。すべって転ばないように、足を踏みしめることのできる場所を。

その瞬間、あるものがマリアの目に留まった。

レンチ。

武器になる。

マリアはかがんで、機関士の首に突き立っているレンチの金属製の取手を引っぱった。固い。抜けない。頸椎のひとつに食い込んでいる。もう一度引っぱると、今度は一方の端が動いた。致命傷となった傷口からまた血が飛び散った。さらにもう一度引っぱってレンチを抜き、胸もとに抱えた。

取手がじっとりしてなま温かく感じられるのは、血と、さっきまでバトラーが握っていたせいだ。

バトラーが機関士にのしかかるように立ち、不都合だというだけの理由で殺害したことを思い出して、マリアは身震いした。まずいときにまずい場所にいるというだけで、蝿でも叩きつぶすように人を殺す。バトラーのような男にとっては、ピーナッツの殻をむくのと同じぐらい簡単なことだ。

マリアは深呼吸をひとつした。心を落ち着けた。

バトラーが横滑りするように角を曲がって現われた。燃料浄化槽を叩いたせいで拳をすりむき、殺気立っている。血に飢えた顔をしている。凶暴な顔を。

マリアは頭を働かせる必要があった。レンチを握る手に力を込めた。これを投げつけるのは時間の無駄だ。命中するかもしれないが、かわされる可能性もある。バトラーがもっと近くへ来るまで待ったほうがいい。確実に命中させられる距離に来るまで。

バトラーが近づいてくるあいだ、マリアは足を踏んばった。目が合った。あと数歩の距離だ。

バトラーが突っ込んでくると、マリアはレンチを頭上に振り上げた。

レンチのチタン製の顎をバトラーの鎖骨に叩きつけた。命中して鎖骨の折れる鈍い音がするなり、マリアは室内通路の脇へ飛んだ。

バトラーは、よろめきながらも勢い余ってマリアの脇を行きすぎた。床に倒れ、左肩を押さえて低く大きな悲鳴をあげた。

マリアはくるりと向きを変え、また走りだそうとした。だが、靴の底が血ですべった。体のバランスを取り戻そうとした。バトラーから充分に離れることはできなかった。

バトラーがマリアの髪をつかんだ。

マリアはバトラーのいるあたりへやみくもにレンチを振りまわした。なにか固いものに当たった。手すりかもしれない。衝撃で手を放してしまい、レンチがコンクリート床に落ちた。

バトラーがマリアを引っぱってレンチから遠ざけた。

マリアはわめいた。

頭が低く下がってバトラーに近づくにつれ、頭皮に痛みが走った。

背中を床に打ちつけた。よけるまもなくバトラーが馬乗りになった。彼の胸に向かって蹴り上げた両脚が、胸骨をとらえた。

だが、それでは不充分だった。

バトラーの鼻孔が膨らんだ。息を吸い込み、痛めつけられたマリアの体が発する恐怖を味わった。高級なワインのテイスティングでもするように。

マリアを見下ろして薄笑いを浮かべた。

マリアは彼の顔にパンチをくらわせようとした。

繰り出した腕をバトラーがつかんだ。両膝でマリアの腰を押さえ、冷たくざらざらする床に押さえつけた。すばやいバックハンドで顔を殴りつけた。

そのはずみでマリアの顔が横を向く。

銅のような味が口のなかに広がった。どろりとした不快な味が。舌の端がかすめた歯が痛む。殴打によりゆるんだのだ。

バトラーはマリアの生えぎわの髪をつかんで頭を持ち上げ、自分の顔に近づけた。マリアは口を引き結んで彼の顔に唾を吐きかけた。血のしぶきが頬に飛び散っても彼は身じろぎしなかった。いや、瞬きすらしなかった。頬からしたたる血の交じった唾をぬぐわなかった。それどころか、さらに顔を近づけた。

マリアの耳もとに唇を押しつけて言った。「自分の選択の結果を思い知ってもらう」

バトラーはマリアの首に両手をまわした。揺るぎない手でマリアの気管を締めつけた。力を加えながらマリアの目をひたと見つめた。

マリアの頭をコンクリート床に叩きつけた。

マリアの顔に向かってわめいた。「おれの証拠をおまえは否定した！」

むき出しの怒りに満ちている。

バトラーはマリアの頭をまた床に叩きつけた。「おれの伝説的な犯罪を！」

さらに、残虐な三撃め。「おれの完璧な計画を！」

マリアの目の前を星が飛んだ。白目を剝きそうだ。あっという間に目の前が真っ暗になった。脳に血を送り込むべく心臓が懸命に打つたびに、その鼓動が闇のなかに紅く浮かび上がる。

彼の顔に爪を立てて、頬の一部をえぐってやった。効果なし。彼は手に力を加えた。マリアは喉もとへ手をやった。締めつけている彼の手を必死に引き剝がそうとした。

気管からわずかばかり空気が流れ込むと、マリアはあえぎながらも決定的なひと言を発した……

「わたし――」

かすれたあえぎ声。締めつけられた声帯が触れ合う摩擦を感じた。

「わたしが――投票したのは――有罪よ」

バトラーの勝ち誇ったような薄笑いが、たちまち混乱の表情に変わった。

「えっ。まさか」バトラーは首を振った。「そんな。嘘だろう！」

マリアは意志の力で、痛む喉からさらに言葉を絞り出した。

「愚かな男――」発作のように咳が出た。「ちがう陪審員を追いつづけて一年も無駄にして」

マリアは無理やり笑い声をあげ、バトラーは信じられないというように首を振った。

「ちがう、ちがう、嘘だ！」バトラーは叫んだ。「記者会見を見たんだ！」

「わたしは嘘を言ったの……あんたも馬鹿ね……」マリアは彼を見上げてにやりと笑い、残っている力をかき集めた。「別の陪審員の身代わりになったの。その人がこんな目に遭わないようにね」

首を振りつづけるうちにバトラーの顔が真っ赤になり、瞬きが速くなった。

「でも、実際」マリアは心の強さを残らず奮い起こして、さらに言い募った。「多大な努力をして、完璧を執拗なまでに追い求めた結果、人びとの記憶に残るのは……あんたが完全に大失敗を犯したってことよ」

バトラーは怒りと混乱で固く目を閉じた。一瞬、マリアの首を絞めていた手がゆるんだ。最後の一瞬のチャンスをマリアが逃すはずがない。片脚をさっと上げ、膝頭でバトラーの股間を力いっぱい蹴り上げた。彼はマリアの喉から手を離し、膝を抱えて丸まった。大きな苦悶の声を漏らした。

マリアは体をくねらせるようにして、身をよじっているバトラーから離れた。

今度はこっちのチャンス……


頭がずきずき痛みながらも、リースはエンジン室に入った。額の切り傷からまだしたたっている血が目に入る。リースは銃口を上げていた。引き金に指をかけて。ワイアット・バトラーが目の前に現われた瞬間、撃ち殺してやれるように。

やつはすぐそこだ。すぐそこにいる。

エンジンの絶え間ない音を、バトラーのわめき声が破った。

リースは手すりつきの通路の角を曲がった。

数メートル先でバトラーがマリアに馬乗りになって、彼女の体をゆすり、頭を床に叩きつけている。ふたりのそばに血まみれのレンチ。その奥に乗組員の死体。

くそ。

バトラーがまたマリアの頭を床に叩きつけた。「おれの伝説的な犯罪を！」

さらにもう一撃。「おれの完璧な計画を！」

リースは拳銃の狙いを定めた。ふたりが近すぎて危険だ。弾がそれたらマリアを殺してしまう。視界を明瞭にしようと、額の血をぬぐった。

くそ！

これでは彼女を撃ってしまう。

リースの伸ばした腕が震えだした。さっき襲われたせいで、まだめまいがしている。頭部外傷により意識が朦朧として感覚が混乱している。目を細めた。視界をはっきりさせようとして。

ふたりが取っ組み合っているほうから、しわがれたかすれ声が聞こえた。

マリアだ。あまりにかぼそい声なので、なんと言ったのかはリースにはわからなかった。

しばらくしてバトラーの体位がわずかに変わった。マリアが脚を上げて膝蹴りをくらわせた。思いきり。バトラーが転がり落ちて彼女の脇に丸まった。マリアが両手で這うようにあとずさり、ふたりのあいだに数センチばかりの距離ができた。

いまだ！

リースは引き金を絞った。弾はバトラーのふくらはぎに命中した。銃声がエンジン室に響きわたった。

バトラーの右半身が崩れた。苦痛にうなり声をあげたものの、無事なほうの脚に寄りかかって上体は起こしたままだ。指先を床について体のバランスを保っている。苦痛に顔を歪めてマリアに近づこうとしている。

マリアはリースのほうへ駆けだし、リースに身を寄せた。片手で喉もとを押さえ、空気を求めてあえいだ。

リースが目を注ぎつづけていると、バトラーはふたたび床に崩れ落ちた。いまの発砲で脛の骨を撃ち抜いたようだ。

「動くな！」リースはエンジンの音を圧して叫んだ。

バトラーはそれを無視した。耳ざわりな声で不満を漏らした。血の跡をつけて這い進んでくる。なんとしても戦いを続けたがっているようだ。「まだ終わりじゃないぞ、マリア！」とどなった。

さらに後退したリースとマリアは、隣の室内通路に入った。バトラーはどんどん近づいてくる。

「張本人をつきとめるまで、陪審員を全員殺してやる！　世間がちゃんとおれを見るまで何人でも」

リースはマリアに目をやった。彼女の目はバトラーからそれている。彼女の視線をたどって壁を見上げた。真っ赤なボタンと黒いレバー。

バトラーは、骨の砕けた脚をおもりのように引きずって、じりじりと近づいてくる。

リースは壁を見まわし、そのうち扉口の上枠を見つけた。

水密扉だ。

ようやく、マリアの頭にある計画を理解した。彼女の次の動きがそれを裏づけた。

マリアがレバーに手を伸ばしたのだ。

彼女がそれを引き下ろす前に、リースは腕をつかんだ。「待て――」

マリアは、手負いの獣《けもの》でも見るような目でバトラーを見つめている。

断固たる様子。決意を固めている。

女性ハンターのようだ。

イザベラ。

リースの脳裏に、十一年前のマイアミでのあの瞬間がよみがえった。暴力を受けた女がだらりと両腕を下ろすのを見た瞬間。拳銃を捨てるように説得し、それを見届けた瞬間。

二カ月後に彼女に向けられることになる拳銃。彼女の子どもたちにも向けられることになる拳銃。

リースの目の端で、血とともに涙があふれそうになった。

あのとき、判断をあやまった。

同じあやまちは二度と犯さない。

リースは部屋の上方の隅に目を走らせた。防犯カメラが二台。一台は、ふたりの背後の通路をとらえている。もう一台は、背の高いエンジン機器のほうへ向いている。

おれたちは映っていない。

マリアを見やった。

目が合った。

リースはゆっくりと瞬きをして、彼女にうなずいた。

一瞬のうちにマリアはレバーを引き下ろし、ボタンを叩きつけるように押した。扉の水密機構が音を立てて起動した。扉の枠の上端隅の赤い警報ランプが点灯し、耳をつんざく警報音が鳴りはじめた。

バトラーが自分のあやまちに気づいたらしく、はっと上を見た。もぞもぞと後退しようとした。だが、傷を負っているせいで身動きできない。脚が耐えがたいほど痛むようだ。

五百キロ近い濃灰色の鋼鉄製の扉が、室内通路を遮断するべく彼に迫っていた。

バトラーが大声をあげた。低い叫び声を。恐怖をたたえた目でマリアを見上げた。

あの男は命運が尽きたことを悟っている、とリースにはわかった。

水密扉がバトラーの体を押しつぶし、扉の枠が胸を砕いた。バトラーは悲鳴を漏らした。悲壮な甲高い声で。

彼の口から血が噴き出した。

扉は容赦なく閉まりつづけた。彼に加わる力が増し、細い爪楊枝かなにかのように肋骨をすべて折った。胸腔が押しつぶされた。肺はおそらく風船のように破裂しただろう。やがて鋼鉄の扉が彼の体を切断し、噴き出した血と組織がマリアのほうまで飛んできた。

マリアは言葉もなく、よろよろと後退した。無表情で。むごい光景に動じていないようだ。

リースは切断されたバトラーの胴体を見下ろした。はみ出した内臓から血が噴き出している。命を失った頭部へと広がった血が、顔の側面をひたした。

ワイアット・バトラーの犯罪の伝説。

彼による連続殺人。

彼の命。

すべて終わった。

急いで上階へと戻りながら、マリアは早くも新聞の見出しをあれこれと思い浮かべることができた。

42

〝地獄のクルーズ〟
〝公海上での殺人〟
〝隣の船室にひそむ殺人者〟

マスコミがどんな扇情的な見出しをひねくり出そうが、今回マリアに注がれるスポットライトは色合いがまったく異なるはずだ。

マリアとリースは英雄としてたたえられるだろう。マリアにとっては汚名をそそぐ記事になる。あやまちを犯した陪審員。自由の身にしてやった男に恨まれて攻撃を受ける。それが、運命の意外な展開により、正義の最後の配達人として勝利を収め……

だが、そう報じるマスコミのだれひとり、真相を知ることはない。

絞め殺そうとするバトラーにマリアが告げた真実を。

一年前、本当は有罪に投票したという事実を。

マリアは直感に従って票を投じた。法廷でのバトラーの態度を観察した結果を活かして。マリアと異常な頭脳の持ち主のプロファイリングや診断を行なってきた経験を活かして。

十人の陪審員は同じ結論に達した。

だが、アシュリンはちがった。

気立てのいいアシュリン。

彼女は、有罪の可能性があるという理由だけで、ひとりの人間に終身刑を言い渡す気になれなかった。いまでも、これだけの目に遭ったあとでも、マリアにはアシュリンを責める気持ちはみじんもない。彼女はみずからの良心に従って票を投じただけだ。マリアがそうしたのと同じように。

脚に残っている力を振り絞って、マリアは角を曲がって医務室へと走った。小さなふたりの患者をひと目見れば、胸のうずきが治まることを祈りながら。

医務室から先に飛び出してきたのはクリストファーだった。両腕を広げ、マリアに向かって通路を駆けてくる。

心身ともに元気だ。

無事だった。

わずかに数歩遅れてクロエが続く。医療スタッフがみごとな仕事ぶりでふたりの治療にあたってくれた。打撲痕がいくつかと、殴られて意識を失った影響でまだ少しふらふらしているだけだ。点滴と静養で治せないものはない。ふたりのバイタルは安定しているし、脳震盪検査もやすやすとクリアした。ふたりとも完全に回復するだろう。

マリアの賭けは成功だった。マリアが現われず、犯行を見せつけることができないので、バトラーはふたりを生かしておいた。この子たちは、バトラーが絶対に犠牲にしない駒になったのだ。彼のパズルに絶対に収まらないピースに。

それについてマリアには文句のひとつもない。

双子は母親の腕のなかに倒れ込んだ。三人ともとめどなく涙を流し、安堵を覚えていた。マリアはふたりを抱きしめた。言葉では言い表わせない気持ちで。この一種の幸福感が心の痛みをやわらげてくれる。

スティーヴ……

マリアは心のよりどころを失った。

双子のあとから出てきたリースとヘンドリックスは、母子の再会の場面に笑みを浮かべた。

ヘンドリックスは、バトラーの部屋から双子を無事に救出したあと、ひと晩じゅうついていてくれた。医務室で治療を受けるあいだずっと。ふたりが意識を取り戻すまでベッド脇にいてくれた。忠実で根気強い女性だ。

彼女は約束を果たしてくれた。

リースのほうは、マリアのそばにいて、ようやくこの件を終わらせるのを許してくれた。それに関して、マリアは永遠に彼に感謝する。被害者遺族の全員が、永遠に感謝する。

マリアは通路の先のふたりに笑みを送り、小さく会釈して感謝を伝えた。

そのあとクロエとクリストファーの手を取り、背を向けて歩み去った。

この子たちにバトラーの魔の手が伸びる前からやり直したいとマリアがどれほど願ったところで、この夜を境にこの子たちは根本的に変わるだろう。なにもかも、決してもとどおりには戻らない。あんなことを目の当たりにしたのだから。あんなおそろしい目に遭ったのだから。

マリアが法廷で味わった心の痛みを、いまはこの子たちと分かち合っているようなものだ。

バトラーに負わされた重荷をこの子たちが完全に理解し、消化できるまでには十年もかかるかもしれない。スティーヴに与えた苦痛を。母親に与えた苦悩を。悲しみと心の傷からの回復の道が長く曲がりくねっていることを、マリアは承知している。

だが、この子たちのために注ぐ時間がマリアにはたっぷりある。

エピローグ

三年後……

「お願いします、フォンタナ教授」

コロンビア大学心理学科でもとくに熱心な一年生キャメロンは、マリアの向かい側の肘掛け椅子に座り、膝に置いた教科書の背を親指で不安そうになぞっていた。「行動学の中間試験に向けた勉強のあとで取れる時間を多く見積りすぎていて。でも、教授に最高の論文を提出したいんです。こんなお願いは今回かぎりにすると約束します」

マリアは湯気の立っているコーヒーをひと口飲み、マグカップをデスクに置いた。「事情はわかった。小論文は月曜日に提出すれば減点はしない」

キャメロンは安堵のため息を漏らした。「ありがとうございます。本当に。感謝します」

「こちらこそ、正直に相談してくれてありがとう」マリアは握手のために片手を差し出した。この若者の不安を静めたい気持ちと、この若者に部屋から出て行ってくれと伝えたい気持ちが半々だった。

キャメロンはマリアの手をぎゅっと握ってから席を立ち、すみやかに部屋を出ていった。ドアのラッチが閉まると、穏やかな静寂が残った。

マリアはしばし教授室の静謐にひたった。窓の外へ目をやり、中庭の向こうへ沈む太陽を眺めた。今週最後の授業を終えて寮へぶらぶらと戻っていく学生たち。キャンパスじゅうに金曜日特有の幸福感が漂っている。

マリアは家へ帰りたくてたまらなかった。双子が学校の送迎バスから降りるころだ。今夜は、チケットを買ってある映画を三人で観にいく。ふたりから今日のできごとを聞くのが待ちきれない。マリアの目がデスクの写真に移った。

十五歳になったクリストファーとクロエの写真。輝くような笑顔で腕を絡めている。マリアはカメラを持ってこっそり公園へ行き、この写真を撮ったのだ。母親が見ているとわかったら、あの子たちは絶対にこんなポーズを取らないから。

子どもたちの写真のうしろに、小さな額を隠してある。スティーヴの写真を。数年前、《屋根の上のバイオリン弾き》を地元で上演した際、楽屋で撮った笑顔の写真だ。マリアはこの写真をつねに手の届くところに置いている。

右側には、表彰状やメダルがデスクの端に誇らしげに並んでいる。三年前のクルーズ船での事件のあと、バトラーの精神疾患に関して書いた論文が心理学界で高く評価された。さらに、つらい体験を余すところなく綴った回顧録がたちまち『ニューヨーク・タイムズ』紙のベストセラーリストで一位を獲得した。映画制作会社から映画化しないかという電話まで何本か受けた。

最後の講義から戻ると、デスクに積み上げられた学生の小論文の高さは二倍になっていた。いちばん上の論文を開き、赤ペンを握った。

ドアのラッチの開く音がした。

「言ったでしょう、キャメロン。月曜日の朝で――」

マリアは顔を上げ、メガネの縁越しにドアを見やった。

だが、ドア口に立っているのはキャメロンではなかった。

女性だ。おそらく五十代後半。身なりはいいが、心痛を抱えている表情だ。

「失礼ですが、なにかご用ですか?」マリアはたずねた。

「ええ、力になっていただけると思って」謎の客人は部屋に入ってそっとドアを閉めた。「申しわけないのですが、事前のお約束のないかたとはお会いしないことになっています」

マリアにとっては、この手の不意の来客はめずらしいことではない。これまでにもときどき、学生の親が教授室に押しかけてくることがあった。わずかばかりの賄賂とちょっとした贈りものを渡せば、わが子の成績を上げてもらえると思い込んで。だが、そんな親は決まって、マリアから丁重なお断わりと倫理に関する無料の講義を受けることになるのだった。

悪くすれば、この女は記者かもしれない。あるいは、マリアが連続殺人犯を出し抜いたという話をいまだに信じ込んでいる熱狂的なファンのひとりかもしれない。

だが、この女の空気はそれらとはちがう。マリアにはまだ正体のわからない重さをまとっている。

「ミズ・フォンタナ、わたしはアンジェラ・グレイスといいます。プライベートの時間にお邪魔してごめんなさい。今回ばかりは例外として許していただけると願っています」

「申しわけありませんが、まずは事前のご予約を――」

「息子が殺されました」女はマリアの言葉を遮って告げた。

たちまち室内の空気がなくなったようだ。マリアの顔から迷惑そうな表情が消えた。代わって同情の色が浮かんだ。

「大学に通っていたの。シカゴで。それが殺された。犯人はあの子に残忍な仕打ちをした。残酷なことを」

マリアは座ったまま背筋を伸ばした。女の言葉からあふれ出た悲しみがマリアの胸に流れ込んだ。「ミズ・グレイス、心からお悔やみ申し上げます。ですが、わたしになにが――」

「ほかに四人もいるの、ミズ・フォンタナ。息子のほかにも四人が同じ手口で殺された。この六カ月のあいだに」

ほかに四人も？　連続殺人犯？

話を続けるうちに女の目に涙が込み上げた。「警察もＦＢＩも、まだなんの手がかりもつかんでいない。この犯人を、なぜそんなことをするのかを、理解できないみたいで。どうやって、切り開いた痕をひとつも残さずに被害者の遺体から骨を抜き取っているのかを。犯人の残したメモの意味を……」

「犯人の残したメモ？」マリアはたずねた。

「息子の遺体が見つかったときに、〝影を追いつづける〟と書かれた犯人のメモも残されていたの。メモの内容は被害者それぞれ異なるんだけど」

この犯人は捜査当局を愚弄しているだけではない。遺族をも愚弄している。そのメモから、マリアには犯人の傲慢さが読み取れた。

影を追いつづける……

別の、もっと深い意味があるのだろうか？

「わたしの息子。名前はルイス。お願い。見て。写真を持ってきてるの」

アンジェラが上着のポケットに手を突っ込んだ。マリアは首を振り、目をそらした。やめて。お願い、見たくない。

バトラー裁判で見せられたおぞましい光景を頭のなかからほぼ消し去ったばかりだ。またむごたらしい死体を見せられたら、記憶が一気に戻ってくるかもしれない。アンジェラはポラロイド写真をマリアに差し出した。マリアは最悪の事態にそなえた。

だが、指のすきまからのぞき見た写真は怪奇的なものではなかった。

青年は活気に満ちて見える。二十代前半。母親同様に尖った骨格。端正な顔立ち。岩の多い海岸でほほ笑んでいる。

「ミズ・フォンタナ、ルイスが殺されてから二ヵ月よ。ＦＢＩはなにも手がかりをつかんでいない。だれも助けてくれない」アンジェラの頬を涙がはばかることなく流れ落ちている。マリアは返す言葉もないまま座っていた。胸が張り裂けそうな思いで彼女の話を聞いていた。

「犯人を見つけ出すことができるのは世界にあなたしかいない。犯人をつきとめて、次の犯行を止めることができるのは。犯人がまたどこかの家族を破壊する前に。だから、お願い、マリア……」

アンジェラがデスク越しに手を伸ばしてマリアの手を握った。

「助けてくれるでしょう？」

謝辞

ジェイムズ・マレイ

いつもながら、私の知るなかでもっとも魅力的な共著者ダレン・ウェアマウスに感謝する。彼はすぐれた共同制作者であると同時に、すばらしい友人だ。たとえカリブ海から放り出された経験があるにしても。

同業者のカーセン・スミスにお礼申し上げる。本書を生み出すことができたのは彼女の驚くべき創造力と不断の努力のおかげだ。

腕利き編集者のマイクル・ホームラー、友人にして同業者のスティーヴ・コーエン、多大なる協力をいただいたセント・マーティンズ・プレス社のチームの皆さまに感謝を。仲間であり友人でもあるジョセフ、ニコル、イーサンの想像力と支援にもお礼を言いたい。ヴェクター・マネージメント社のジャック・ロヴナーとデクスター・スコット、UTA社のブランディ・ボウェルズとチームの皆さん、GTRB社のダニー・パスマン、PSBM

社のフィル・サーナとミッチ・パールスタイン、ウンダーキンドPR社のエレナ・ストークスをはじめとする独創的なチームの皆さん。とくに、指導と助言、友情を絶やさず注いでくれたブラッド・メルツァー、R・L・スタイン、ジェームズ・ロリンズに深く感謝する。

母さん、父さん、家族のみんな、愛してるよ。スピアとコリン――明日を楽しみに生きてくれ……とりあえずは。なにより、すばらしい妻メリッサに、ありがとう。きみの愛と支援のおかげで、すべてが価値あるものになる。愛してるよ。

最後に、世界じゅうの《インプラクティカル・ジョーカーズ》ファンの皆さん、ありがとう――皆さんは私たちの友人であり、家族です！

ダレン・ウェアマウス

まずは共著者のジェイムズにお礼を言いたい。すばらしい男であり友人でもある彼とのパートナーシップを心から大切に思っている。アメリカを訪れるたび、ジェイムズとメリッサはつねに親切かつ寛大にもてなしてくれる。この一年、じかに会えなくて残念だ。次に、セント・マーティンズ・プレス社の担当編集者マイクル・ホームラーに感謝を。彼の数あるすぐれた資質のなかでも、忍耐と思いやりは賞賛に値する。いっしょに仕事ができて楽しかった。次に、そばにいてくれた家族と友人に。とくに妻ジェンと娘のメイプルは、私にはかけがえのないふたりだ。最後に、そしてもっとも重要なことだが、本書を読んでくださった皆さんに深い感謝を。

訳者あとがき

洋上のホテルとも海に浮かぶ高層マンションとも称される大型クルーズ客船。宿泊設備のみならず、レストランやバー、プール、劇場といったさまざまな設備も調えられ、医師や警備要員なども乗船して長期間の船旅にそなえている。クルーズ客船にはいくつか独自の決まりごとがある。たとえば、作中にも出てくるとおり、船首に向かって左（左舷）側に偶数番号の客室、右（右舷）側に奇数番号の客室が並ぶのが一般的だそうだ。また、船内での飲食は基本的には旅行のパッケージ料金に含まれているが、別途支払いが必要なスペシャリティ・レストランがあることも作中で紹介されている。イベントやアクティビティがいくつも用意され、乗船客はそれらに参加するもよし、船室やプールデッキなどでのんびり過ごすもよし、思い思いに洋上の旅を満喫することができる。そんな大型客船に乗り込んで贅沢な旅を優雅に楽しんでみたいと、だれしも一度や二度は夢見たことがあるのではないだろうか。非日常に身を置いて、つねに追ってくる時間から解放されてゆったり過ごしたい、と。ところが、一旦ことが起きると、どんなに巨大な船であっても、逃げ場も隠れ場所もない密室と化す。まして大海原の真っ只中にあっては、外部からの応援は期待できない。そのような状況のなか、みずからの知識と知恵に照らして活路を探ろうとする女性が本書の主人公だ。

コロンビア大学心理学科長のマリア・フォンタナは、世間を震撼させた連続小児殺人事件の陪審員を務めていた。被告人はアンティーク時計の修理屋ワイアット・バトラー。殺害した子どもの死体を残忍な〝作品〟に仕上げていたとされる男だ。マスコミも市民も、彼が犯人だとすでに断じていた。だが、状況証拠はあるものの、彼を有罪だとする確実な証拠はなく、マリアは絶対的な確信を得られずにいた。陪審制度においては有罪か無罪かの評決を下す際には全員一致が原則とされるのだが、この裁判では、陪審員十二人のうちひとりが無罪に票を投じたために無評決審理が宣告され、バトラーは社会に放たれることになった。その後、十二人の身元が割れる事態となって、マリアたちはマスコミの過熱報道や怒れる市民の抗議や非難、ソーシャルメディアでの中傷にさらされる。まもなく、陪審員を務めた本人ばかりか、その家族までが標的にされはじめたため、マリアはほかの陪審員たちを守るべく記者会見を開き、無罪に投票したのは自分だと発表する。

やがて、このバトラー裁判の暴露本が出版されることになり、著者ジェレミー・フィンチと悶着を起こしてしまったマリアは、学部長から一年間の研究休暇を取るように申し渡される。

　裁判以来、自分に向けられる視線はすべて個人攻撃のように感じていたが、一年近くが過ぎ、そんな妄想症状も徐々に治まってきたかに思えたころ、マリアは双子のわが子クリストファーとクロエ、婚約者のスティーヴとともに英国まで十二日間のクルーズに出ることにした。他人の目を意識せず家族とのんびりと船旅を楽しもうと考えていたマリアだが、船内で不穏な噂を耳にして……

　本書は、ジェイムズ・S・マレイとダレン・ウェアマウスの共作五作目にあたる。

　ニューヨーク市出身のジェイムズ・S・マレイは、作家として活躍する一方で、学生時代の友人たちと結成したコメディ集団ザ・テンダーロインズの一員〝マー〟としても知られる即興コメディアンでもある。彼らの出演するテレビのドッキリ・リアリティ番組《インプラクティカル・ジョーカーズ》は、シリーズ化され、スピンオフ作品や映画も制作されるほどの人気を博している。マレイはプロデュースも手がける多才な人物のようだ。

　共著者のダレン・ウェアマウスは英国人で、英国陸軍で六年勤めたあと、十五年の会社勤務を経て作家に転身。国際スリラー作家協会および英国ＳＦ協会に所属している。マレイとの共著のほかに、単独でも数々の著作を発表している。

生まれ育った国も経歴も異なるそんなふたりが協力して紡いだ上級なスリラー作品をじっくりとご堪能いただきたい。

二〇二四年一月

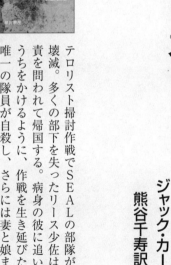

エンド・オブ・オクトーバー（上・下）

THE END OF OCTOBER
ローレンス・ライト
公手成幸訳

インドネシアで高い死亡率をもつ謎の出血熱が発生した！　CDCで感染症対策班を率いるヘンリーの対応によりいったんは封じ込めに成功したものの、やがてこのコンゴリウイルスは世界中で蔓延し始めた。各地で経済が破綻、紛争が勃発するが——ピュリッツァー賞作家が送る迫真のテクノスリラー　解説／古山裕樹

ハヤカワ文庫

暗殺者グレイマン〔新版〕

The Gray Man

マーク・グリーニー
伏見威蕃訳

〝グレイマン〟と呼ばれる凄腕のエージェント、ジェントリーはCIAを突然解雇され、命を狙われ始めた。現在は民間警備会社で闇の仕事を請け負う彼のもとに、各国の特殊部隊から次々と刺客が送り込まれる！　巧みな展開と迫真のアクションの連続で現代冒険小説の金字塔となったシリーズ第一作。解説／北上次郎

ハヤカワ文庫

古書店主

The Bookseller
マーク・プライヤー
澁谷正子訳

パリのセーヌ河岸で露天の古書店を営む年配の男マックスが悪漢に拉致された。アメリカ大使館の外交保安部長ヒューゴーは独自に調査を始め、マックスがナチ・ハンターだったことを知る。さらに別の古書店主たちにも次々と異変が起き、やがて驚くべき事実が浮かび上がる。有名な作品の古書を絡めて描く極上の小説

ハヤカワ文庫

訳者略歴　神戸市外国語大学英米学科卒，英米文学翻訳家　訳書『ハリウッドの悪魔』ワイス，『捜索者』フレンチ，『ベルリンに堕ちる闇』スカロウ，『拮抗』フランシス（以上早川書房刊）他多数

HM=Hayakawa Mystery
SF=Science Fiction
JA=Japanese Author
NV=Novel
NF=Nonfiction
FT=Fantasy

密航者《みつこうしや》

〈NV1522〉

二〇二四年三月十日　印刷
二〇二四年三月十五日　発行

（定価はカバーに表示してあります）

著者　ジェイムズ・S・マレイ
ダレン・ウェアマウス

訳者　北《きた》野《の》寿《す》美《み》枝《え》

発行者　早川　浩

発行所　株式会社　早川書房
郵便番号　一〇一 - 〇〇四六
東京都千代田区神田多町二ノ二
電話　〇三 - 三二五二 - 三一一一
振替　〇〇一六〇 - 三 - 四七七九九
https://www.hayakawa-online.co.jp

乱丁・落丁本は小社制作部宛お送り下さい。
送料小社負担にてお取りかえいたします。

印刷・精文堂印刷株式会社　製本・株式会社フォーネット社
Printed and bound in Japan
ISBN978-4-15-041522-8 C0197

本書は活字が大きく読みやすい〈トールサイズ〉です。